Olivier Duhamel

Né en 1950 à Neuilly-sur-Seine, Olivier Duhamel est juriste et politologue, spécialiste des institutions et de la vie politique. Il est professeur émérite et dirige la FNSP (Sciences Po). Éditeur au Seuil, chez Dalloz et First, chroniqueur à Europe 1 et sur LCI, il publie en 2017 chez Plon *Macron, et en même temps...* avec Laurent Bigorgne et Alice Baudry.
Son roman *Colette et Jacques* paraît en 2019 chez le même éditeur.

W0277063

COLETTE ET JACQUES

OLIVIER DUHAMEL

COLETTE ET JACQUES

ROMAN

PLON

MIXTE
Papier issu de sources responsables
FSC® C003309

Pocket, une marque d'Univers Poche,
est un éditeur qui s'engage pour la préservation
de l'environnement et qui utilise du papier fabriqué
à partir de bois provenant de forêts gérées
de manière responsable.

Le Code de la propriété intellectuelle n'autorisant, aux termes de l'article L. 122-5, 2° et 3° a, d'une part, que les « copies ou reproductions strictement réservées à l'usage privé du copiste et non destinées à une utilisation collective » et, d'autre part, que les analyses et les courtes citations dans un but d'exemple et d'illustration, « toute représentation ou reproduction intégrale ou partielle faite sans le consentement de l'auteur ou de ses ayants droit ou ayants cause est illicite » (art. L. 122-4).
Cette représentation ou reproduction, par quelque procédé que ce soit, constituerait donc une contrefaçon, sanctionnée par les articles L. 335-2 et suivants du Code de la propriété intellectuelle.

© Éditions Plon, un département place des éditeurs, 2019
ISBN 978-2-266-29848-3
Dépôt légal : janvier 2020

Plus de quarante années d'enseignement de la vie politique n'auraient pas suffi à inspirer cet ouvrage. Les deux tomes des Mémoires d'Edgar Faure, publiés chez Plon, ont créé le fleuve d'où vient, pour part, ce ruisseau. Les citations en italique sont toutes véridiques.

1940

La mort prévient rarement. Elle ne s'était pas annoncée dans la petite famille Duhamel. Les jumeaux, Jacques et Monique, perdirent leur père brutalement le 3 mai 1940. Leur mère, Hélène, se retrouva seule pour finir d'élever ses deux enfants qui n'avaient pas encore seize ans. Heureusement, Jean Duhamel, de nature prévenante, ne les laissa d'aucun point de vue démunis.

Il devait à l'origine faire carrière dans la diplomatie. Peu après la Première Guerre mondiale, qui le blessa au bras droit, il réussit le concours du Quai d'Orsay. Sa femme admirait l'acharnement avec lequel il avait d'abord appris à écrire de la main gauche ; puis des deux mains en même temps deux textes différents.

La politique étrangère le passionnait. À la différence de beaucoup d'autres, les dix-neuf millions de morts de 14-18 ne l'avaient pas exactement rendu pacifique. Il expliquait souvent à ses enfants qu'une guerre menée à temps peut éviter des guerres plus terribles encore. Cela lui avait donné l'immense envie de devenir diplomate. Il disait et répétait qu'une priorité l'emportait sur toutes les autres : tenter d'assurer la paix entre l'Allemagne et la France ; mission difficile, le traité de Versailles rudoyait tant nos voisins que le militarisme revanchard y prospérait ; mais mission possible, des ennemis de la guerre s'y attelaient des deux côtés du Rhin, tels Aristide Briand à Paris et Gustav Stresemann à Berlin.

Il avait donc préparé le Quai avec acharnement. L'avoir réussi fut, pour lui, le plus beau jour de sa vie – juste après la naissance des jumeaux survenue à peine deux mois plus tôt. La proclamation des résultats se fit dans le salon d'honneur du ministère des Affaires étrangères, précisément au 37, quai d'Orsay. Les frises couvertes de feuilles d'or, la hauteur des plafonds et l'épaisseur des tapis rouges rendaient le moment encore plus solennel. Lorsque son nom arriva sur la liste des heureux élus, le cœur de Jean s'accéléra. Le président du jury déclara :

— Monsieur Duhamel, nous vous avons admis, bien qu'infirme.

— Je fais donc partie du corps diplomatique.

— Bien entendu.

— En ce cas, recevez ma démission.

Il sortit en claquant la porte.

À peine dehors, sa gorge se noua. Il n'était pas homme à pleurer, mais cette fois, dans le froid de ce 12 novembre 1924, il laissa les larmes couler sur ses joues. Elles se mêlaient à la fureur : « À quoi bon avoir travaillé comme une brute pour ce concours ? songeait-il. À quoi bon s'être pris trois balles dans le bras en allant repérer de trop près les lignes ennemies ? » Il s'était battu pour son pays et voulait ardemment continuer. Après le service militaire, le service de l'État. La guerre finie, il avait fait Sciences Po et en était sorti major. Il avait appris l'anglais, et même l'allemand. Il avait mangé la petite épargne laissée par ses parents. Les examinateurs avaient été forcés de le recevoir, vu ses notes aux écrits et ses prestations à l'oral. Mais parce qu'il n'était pas de son monde, la caste l'avait humilié.

Jean dut trouver un autre travail pour nourrir les siens. Grâce à un de ses amis bien introduit dans les milieux patronaux, il fut employé par le Comité des forges. Créée par Schneider et Wendel, l'organisation devait défendre les intérêts de la sidérurgie – enfin, ceux de ses patrons. Jean avait particulièrement en charge les contacts avec les députés. Il lui incombait d'éviter que soient inventées de nouvelles taxes qui pèseraient sur leurs profits. Il n'aimait pas que ses intelligences, l'abstraite et l'humaine, soient utilisées à des fins aussi petites. En 1926, lorsqu'il entendit à la radio que Briand et Stresemann recevaient ensemble le prix Nobel de la paix, lui, l'homme de principes, toujours contrôlé, ne cacha pas à sa femme son émotion, alternant joie et amertume. Œuvrer au rapprochement franco-allemand lui semblait autrement important qu'augmenter les dividendes des grandes familles de la sidérurgie.

Ce 3 mai 1940, Jean s'effondra sans se relever. En une seconde, son cœur avait lâché. Belle mort, sans effort, sans combat, sans souffrance, mais triste mort à quarante-huit ans seulement. Les jumeaux ne réagirent pas pareillement. Micou – sa mère l'avait surnommée ainsi dès ses premiers babils – se réfugia devant son piano. Elle retravailla la partition de l'*andante* du *Concerto italien* de Bach. Il lui fallut s'y reprendre à plusieurs fois, tant ses yeux s'embuaient. La concentration sur le placement de ses doigts finit par arrêter la vague lacrymale. Elle ne pouvait cependant passer plus de quelques heures à ses exercices. L'épuisement venu, Micou quitta le piano pour se terrer dans sa chambre. Elle pleura, des heures, des mois, des années. Ce 3 mai l'avait déchirée à ce point qu'elle détesterait fêter ses anniversaires, pourtant quatre mois après la date fatidique. Jacques comprendrait sûrement. Ses yeux parurent changer de couleur, leur bleu d'outre-mer si intense ne dissimulant pas une noirceur qui risquait bien de ne jamais disparaître. Même ses cheveux de blé s'assombrirent malgré le soleil de ce printemps finissant. Oui, Micou pleurerait son père toute sa vie durant, elle se le jura.

Jacques, au contraire, se tenait droit, contenant son émotion, et enserrait de ses bras forts tantôt sa mère, tantôt sa sœur. La mort de son père accéléra brutalement sa vie. En trois jours, il vieillit de trois ans. Monique ne cessait de hoqueter, tandis qu'Hélène s'efforçait de rester digne devant ses enfants, ce qui impliquait de ne pas pleurer. Il prit les choses en main. Jacques vouait à sa mère respect et amour sans restriction, mais se considérait comme devenu le chef de famille.

Il parvenait à garder son malheur pour lui, ne le laissant monter que dans la solitude de la nuit, et cachant le jour jusqu'aux protestations constantes de ses lombaires. Dès la mort de son père, il s'était remis au travail avec acharnement. C'était pour lui l'année du bac, et il était plus que jamais exclu de le rater. Les mathématiques lui répugnaient. Non qu'il fût inapte – un répétiteur engagé quelques mois avait affirmé à ses parents qu'il avait plus que les moyens d'aller en math élem –, mais il n'aimait pas l'algèbre, préférant, et de loin, les subtilités du français ou le romanesque de l'histoire. Devant son insistance, Jean et Hélène avaient cédé, mais, même en philo, il y avait une épreuve de maths. En guise d'hommage à son père et de cadeau à sa mère, il se fit fort d'obtenir une mention, et si possible Très Bien.

Le 5 mai, vint le temps des diverses obligations funèbres. Jacques fit tout ce que ses presque seize ans lui permettaient, veillant à ce que sa mère n'ait plus qu'à signer. Il prit soin de choisir un cercueil bon marché, mais la plus belle des couronnes, couverte de cinquante roses, rouges et blanches. Cinquante, parce que son père n'avait pas atteint les cinquante ans.

Une fois réglés les détails des obsèques avec l'entreprise de pompes funèbres judicieusement installée boulevard Edgar-Quinet devant le cimetière du Montparnasse, sa mère et lui regagnèrent à pied leur appartement de la rue Delambre, toujours très animée. Avant même d'entrer, ils perçurent l'écho de Bach. Micou s'était remise au piano. Sa mère sourit et serra le bras de son fils avant de sortir sa clef.

Jacques embrassa sa jumelle et fila dans le coin du salon opposé où leur père avait installé son bureau. Il en ouvrit le tiroir central et, comme escompté, tomba sur le testament.

Il hésita à décacheter l'enveloppe, la tendit à sa mère qui parcourut le document et décida de le leur lire, après un semblant d'explication :

— Votre père a toujours fait de sa famille la priorité absolue. Parce que nous étions d'un milieu modeste, il s'est senti obligé de gagner de l'argent, afin de vous mettre à l'abri s'il lui arrivait quelque chose. Vous connaissez son sens du devoir. Jean n'aimait pas l'argent. Il a dû en gagner. Il n'aimait pas les hommes d'argent. Il a dû travailler pour eux. Tout cela, il l'a fait pour moi, il l'a fait pour vous. Il nous le dit. Je vous le lis.

— « Une concession a été prise au cimetière du Montparnasse. J'y serai enterré dans la plus stricte intimité, et attendrai qu'Hélène me rejoigne, sans être le moins du monde pressé.

« Je sais qu'elle continuera d'élever Jacques et Monique dans l'amour de la patrie et l'exigence de réussite que nous partageons.

« Que Monique continue son piano, et trouve un bon mari si elle ne parvient pas à en vivre. Qui sait, ce jeune Jean-Louis auquel elle paraît tellement attachée depuis qu'ils se sont rencontrés lors de l'anniversaire de ses douze ans sera peut-être l'homme de sa vie.

« Je compte bien que Jacques veille sur sa mère et accepte sans se révolter qu'elle tempère un peu sa fougue, qui pourrait le mettre en danger, sans perdre pour autant sa soif d'un monde meilleur. Il ne le connaîtra pas de sitôt. Les événements qui se précipitent depuis 1936 et le réarmement allemand ordonné par Hitler m'ont persuadé, comme je vous l'ai souvent dit, que nous courons vers une guerre terrible.

« Je ne suis plus là pour vous y préparer et vous aider. Au moins ai-je mis de côté suffisamment de napoléons et de lingots d'or pour que vous puissiez survivre, certes éloignés de l'opulence, mais préservés de la misère. La maison de La Baule sera source d'une certaine aisance, car depuis le déplacement de la ligne de chemin de fer, la station balnéaire se développe et vous pourrez la louer un mois chaque été pour un bon prix.

« Mon travail au Comité des forges a rendu tout cela possible.

« Je les hais. Je les ai servis pour que vous soyez libres. »

Le 10 mai 1940, Jacques entendit à la radio que l'Allemagne attaquait la France par la forêt des Ardennes, juste après avoir envahi les Pays-Bas et la Belgique. Les actualités annoncèrent aussi qu'à Londres Churchill était nommé Premier ministre. Son père ne s'était pas trompé. Jacques suivit les bulletins d'information toutes les heures. Deux jours après, Sedan tombait. Le 14 mai, les Pays-Bas capitulaient, espérant empêcher la destruction de Rotterdam par les bombardiers allemands. La reine Wilhelmine et le gouvernement se réfugièrent à Londres. Le 28 mai, Léopold, roi des Belges, fut contraint à la reddition mais refusa tout armistice et décida de rester en Belgique. En France, la Wehrmacht ne cessait d'avancer. Jacques fut partagé entre espoir et doute en entendant Paul Reynaud, le chef du gouvernement, proclamer : « *Nous ne céderons pas.* » Sa voix aiguë et nasillarde tranchait avec la fermeté de son discours. Surtout, aucune contre-attaque sérieuse ne réussissait et, à Dunkerque, des centaines de milliers de soldats, aux deux tiers britanniques, étaient évacués vers l'Angleterre.

Le 11 juin au soir, Hélène affichait une mine grave en dînant avec ses jumeaux. Confrontée à l'arrivée des troupes allemandes – Paris venait d'être déclaré ville ouverte –, elle leur dit :

— Je me suis interrogée tout l'après-midi. Faut-il partir pour La Baule, loin de l'ennemi ? Faut-il pour passer votre bac rester ici ?

— Maman, tu n'imagines pas sérieusement que je renonce à mon bac ? objecta aussitôt Jacques.

— J'ai tout envisagé, car il est de ma responsabilité de le faire. Mais je pense en effet que nous devons rester jusqu'à la fin de l'oral. Nos armées ont cédé. Les politiques risquent de le faire. Raison de plus pour tenir là où nous le pouvons. Mais à une condition, mon fils. Que tu me jures de ne te livrer à aucune provocation avec l'ennemi.

— Je te le jure sur la tête de notre père, répliqua le jeune Jacques très solennellement.

— Alors réussissez votre bachot, et nous partirons aussitôt après.

Le 17 juin, Hélène et ses jumeaux entendirent le premier discours du nouveau chef de l'État :

Français ! à l'appel de M. le président de la République, j'assume à partir d'aujourd'hui la direction du gouvernement de la France. Sûr de l'affection de notre admirable armée ; sûr que par sa magnifique résistance elle a rempli nos devoirs vis-à-vis de nos alliés ; sûr de l'appui des anciens combattants ; sûr de la confiance du peuple tout entier, je fais à la France le don de ma personne pour atténuer son malheur [...] C'est le cœur serré que je vous dis qu'il faut cesser le combat [...] Que tous les Français se groupent autour du gouvernement que je préside [...] pour n'obéir qu'à leur foi dans le destin de la Patrie.

Hélène ne supporta pas le ton paternaliste et défaitiste de Pétain et l'expliqua à ses enfants. L'armée ne pouvait accepter de baisser les armes. Les anciens combattants ne sauraient s'y résigner, quel que fût leur pacifisme depuis l'atroce guerre de 14-18. Le peuple ne tomberait pas dans ce défaitisme. La Lorraine qu'elle était détestait les Boches. Du coup, les jeunes jumeaux détestèrent Pétain d'emblée. Comment pouvait-il se soumettre aux Allemands, lui qui incarnait la victoire de 1918 ? Leur père avait été blessé pour rien ? Un million et demi de Français étaient morts pour rien ?

Début juillet 1940, les jumeaux obtinrent sans difficulté leur premier bac, Jacques avec mention Très Bien, Micou Assez Bien. Leur mère était contente et soulagée. Ils pouvaient enfin partir pour La Baule. Au fil des jours depuis le 10 juin, des centaines de milliers de Parisiens et banlieusards se précipitaient dans les trains et sur les routes, les uns vers le sud, les autres vers l'ouest, tous espérant trouver refuge loin de l'occupant.

Jean Duhamel était devenu propriétaire de la maison de La Baule grâce à un oncle sans enfants qui la lui avait léguée. Joseph avait fait une petite fortune aux États-Unis en commercialisant l'utilisation du télégraphe pour réguler la circulation ferroviaire, alors en plein développement. Tonton Joseph, assez fantasque, ne s'était jamais marié, voyant dans toute forme de cohabitation durable et réglée une sorte d'esclavage et tenant l'enfantement pour folie dans un monde dont aucune violence ne lui échappait, et les pires lui semblaient à venir. Il justifiait cette position radicale en affirmant ne pouvoir supporter la simple idée qu'un être humain, par lui créé, soit entraîné et meure dans on ne sait quelle guerre, à Cuba, en France ou ailleurs. Revenu en France pour ses vieux jours, il acheta à La Baule-les-pins une maison de cent quatre-vingts mètres carrés sur un emplacement exceptionnel, presque à l'angle de l'avenue de la Concorde et du boulevard Hennecart, face à l'océan, au centre de la baie. En façade, les poutres peintes en rouge se détachaient sur le fond blanc. On aurait pu se croire au Pays basque.

Construite au début du XXe siècle, la maison prit de la valeur à la fin des années vingt, lorsque la ligne de chemin de fer qui gênait l'accès à la plage fut déplacée. Les trains amélioraient la vie des Duhamel.

Ils se contentèrent longtemps d'y passer les vacances d'été. Deux ans avant la mort de son père, Micou y avait rencontré Jean-Louis. Pas spécialement beau, il tranchait dès la fin de son enfance par son originalité. À douze ans, elle en était tombée amoureuse, tout en continuant d'adorer tant son père que son jumeau. Jean-Louis portait déjà sur le monde un regard critique et pourtant optimiste. Grâce à son père, Paul Funck-Brentano, célèbre chirurgien qui avait créé la première chaire de gynécologie, sa famille vivait dans une plus grande aisance que les Duhamel, et leur maison était autrement vaste.

À peine arrivée de Paris, Hélène envoya ses enfants rejoindre le bureau de la Croix-Rouge, afin d'aider à l'accueil des réfugiés. Un grand désordre régnait dans la ville. La municipalité mit en place un système d'indemnisation des personnes qui acceptaient d'héberger quelque nouvel arrivant. Cela aida, mais une fois tous les hôtels disponibles remplis, les places manquèrent encore.

De sa propre initiative, Jacques mit au point des groupes de « convaincants ». Il les avait baptisés ainsi précisément pour remonter leur moral de vaincus. Quartier par quartier, maison par maison, ses troupes obtinrent nombre de places. Jacques les avait bien conseillés. Ils racontaient les histoires les plus dramatiques, celles des pires moments de l'exode, que quelques nouveaux venus avaient vécus : les marches interminables dans la chaleur du printemps finissant, les attaques des Stukas allemands mitraillant à l'aveugle, les mères ayant vu leur enfant mourir sous leurs yeux. Bien que n'ayant pas encore seize ans, Jacques fut nommé responsable de la Croix-Rouge en charge des réfugiés pour toute la ville. Il se dit parfois que son père le voyait, et se jeta dans cette tâche à cœur perdu.

Micou admirait follement son jumeau. Elle ne cessait de raconter ses exploits à son « fiancé », lequel l'écoutait patiemment bien qu'il ait déjà eu vent de l'essentiel puisque ses parents, comme tout le monde ou presque à La Baule, commentaient à la table familiale l'activisme de ce si jeune Duhamel déjà chef. Jean-Louis aurait pu en ressentir quelque jalousie. Il n'en fut rien, tant la petitesse lui était étrangère. Au demeurant, il songeait aux études de médecine dans lesquelles il s'engagerait dès qu'il aurait passé son bac. Guérir des malades lui paraissait au moins aussi important que loger des réfugiés. La vocation médicale lui était venue très tôt. Par atavisme familial, sûrement. Son grand-père, Louis Funck-Brentano, était un obstétricien reconnu. À soixante-treize ans, il accouchait encore les plus riches Parisiennes. Son père, Paul, n'avait que légèrement bifurqué en se spécialisant dans la chirurgie du bas-ventre. L'un et l'autre gagnaient fort bien leur vie, ce qui avait permis au premier d'acquérir la grande maison de Ker Loïc – Louis en breton – et au second d'y tenir table ouverte. Chez les Funck-Brentano, on faisait encore bombance. Si les Duhamel étaient jansénistes, autant par principe que par nécessité, les Funck-Brentano, eux, cultivaient l'épicurisme, parce qu'ils le voulaient, et le pouvaient.

En septembre, Hélène et ses enfants rentrèrent à Paris. Ils allaient s'installer dans un appartement plus petit qu'il avait fallu prendre, rue de Longchamp. Son deuil franchit les premiers mois, elle passa ses vêtements du noir au gris ; Jacques ôta le bandeau noir qu'il n'avait cessé de porter, Micou ne s'y résigna point. Ils profitèrent de la traction avant d'un ami de la famille, François Renoir, qui avait travaillé avec Jean à la Chambre des députés. Micou supporta fort mal les récits qu'il multipliait pour meubler le voyage. Renoir leur raconta que des dizaines de députés, appartenant à tous les groupes, se laissaient aisément corrompre, qui en faisant payer sa garçonnière, qui préférant recevoir des mallettes d'argent liquide.

— Taisez-vous ! cria Micou. Mon père n'a certainement jamais participé à ce genre de choses.

— Certes non, s'empressa de répondre Renoir. C'est moi qui m'en chargeais – sur ordre des patrons.

Jean préférait utiliser sa force de conviction pour défendre les amendements souhaités, et savait d'ailleurs adapter ses arguments au type d'intelligence qu'il repérait chez ses interlocuteurs. « Le type d'intelligence », il utilisait souvent cette expression…

Micou fut apaisée. Jacques se demanda longtemps si le collègue de son père avait dit la vérité ou proféré un pieux mensonge pour ne pas désespérer un peu plus sa jumelle déjà si meurtrie. Au demeurant, cela ne lui importait guère. Seule revenait régulièrement dans sa tête l'incroyable dernière phrase du testament de son père.

1941

Micou tentait de tenir sa tristesse à distance grâce à la musique. De retour à Paris, aidée par le docteur Funck-Brentano, le père de Jean-Louis, elle obtint une audition devant Yves Nat, professeur au Conservatoire. Séduit par la sensibilité du toucher de la jeune fille, le grand pianiste accepta de l'accueillir dans sa classe. Micou partageait ses journées entre son piano et son Jean-Louis. Ce dernier, commençant ses études de médecine, n'avait que peu de temps disponible, ce qui convenait tout à fait à la jeune pianiste. Le dimanche, elle déjeunait avec son frère et sa mère. Ils partageaient souvent un poulet. Hélène n'avait pu garder la jeune Germaine à son service, ne disposant plus du salaire de son mari. La fidèle Poitevine, qui avait trouvé une autre place à Paris, lui apportait toutes les fins de semaine un pâté, quelques œufs et un poulet, venant de sa campagne.

La nourriture était plus abondante chez les Funck-Brentano. Paul était toujours le plus réputé dans sa spécialité. Même si les patientes se raréfiaient, il en restait assez pour fournir le boire et le manger non seulement aux siens, mais aussi à des amis qui participaient, les uns après les autres, au grand déjeuner du samedi. Micou, souvent invitée, y écoutait les conversations passionnées qui opposaient une majorité de pétainistes aux premiers résistants – ces derniers dissimulaient leurs activités, pas leurs opinions.

Annette, la femme de Paul, était juive, ce que peu de gens savaient, puisque ses parents, constatant que l'antisémitisme s'exprimait de plus en plus ouvertement depuis la fin du XIXe siècle, avaient veillé à ce qu'elle fût baptisée. Paul et elle étaient tous deux nés en 1898, douze ans après la publication de *La France juive.* L'incroyable succès du livre de Drumont avait alerté, bien avant le début de l'affaire Dreyfus. Micou n'intervenait pas, Jean-Louis guère, mais, les repas finis, ils commentaient entre eux les confrontations des adultes. L'idée même de collaboration avec l'Allemagne les révoltait. La mise en œuvre de l'antisémitisme les répugnait.

Jacques partageait cette détestation de l'occupant et de ses affidés. Jean Duhamel avait donné à ses enfants un attachement viscéral à la liberté – la sienne lui avait été volée ; Hélène leur transmettait l'amour de la France – ses parents ayant subi l'amputation de l'Alsace-Lorraine. Les jumeaux se racontaient d'ailleurs souvent l'humiliation subie par leur père au Quai d'Orsay. Jacques jurait à sa sœur que, un jour, il le vengerait.

Ils habitaient un quatre-pièces rue de Longchamp, dans le 16e arrondissement de Paris, qui n'était pas que bourgeois. Jacques aimait contempler par la fenêtre ces retraités aux vêtements élimés qui se posaient sur les bancs publics et bavardaient juste après avoir acheté leurs billets des *Gueules cassées* au kiosque du coin. Micou avait sympathisé avec un de ces vendeurs de chance, tout à la fois borgne et manchot. Elle bavardait avec lui lors de sa promenade matinale, avant de prendre le courrier chez la concierge, à moitié paralysée par un accident cérébral. Il contenait tous les matins le *Journal officiel* auquel leur père était abonné et dont la livraison n'avait curieusement pas été arrêtée. Début juin 1941, Hélène décida d'en lire un passage à ses enfants :

Loi du 2 juin 1941 remplaçant la loi du 3 octobre 1940 portant statut des juifs.
Nous, Maréchal de France, chef de l'État français, le Conseil des ministres entendu, décrétons :
Article 4 :
Les juifs ne peuvent exercer une profession libérale, une profession commerciale, industrielle ou artisanale, ou une profession libre, être titulaires d'une charge d'officier public ou ministériel, ou être investis de fonctions dévolues à des auxiliaires de justice, que dans les limites et les conditions qui seront fixées par décrets en Conseil d'État.
Article 5 :
Sont interdites aux juifs les professions ci-après :
– *Banquier, changeur, démarcheur ;*
– *Intermédiaire dans les bourses de valeurs ou dans les bourses de commerce ;*
– *Agent de publicité ;*
– *Agent immobilier ou de prêts de capitaux ;*
– *Négociant de fonds de commerce, marchand de biens ;*
– *Courtier, commissionnaire ;*
– *Exploitant de forêts ;*
– *Concessionnaire de jeux ;*

– *Éditeur, directeur, gérant, administrateur, rédacteur, même au titre de correspondant local, de journaux ou d'écrits périodiques, à l'exception des publications de caractère strictement scientifique ou confessionnel ;*
– *Exploitant, directeur, administrateur, gérant d'entreprises ayant pour objet la fabrication, l'impression, la distribution ou la présentation de films cinématographiques, metteur en scène, directeur de prises de vues, compositeur de scénarios ;*
– *Exploitant, directeur, administrateur, gérant de salles de théâtre ou de cinématographie ;*
– *Entrepreneur de spectacles ;*
– *Exploitant, directeur, administrateur, gérant de toutes entreprises se rapportant à la radiodiffusion.*

Micou pensa aussitôt à Annette, la mère juive de son cher Jean-Louis. Bien que cela fût peu connu, ne risquait-elle pas une dénonciation qui mettrait sa famille en danger ? Elle garda ses inquiétudes pour elle. Sa mère commenta ce second statut des Juifs avec une rage contenue :

— Après avoir interné les Juifs étrangers, voilà qu'ils s'en prennent aux français. L'anti-France, c'est eux.

Jacques s'enflamma. Il avait appris que le président du jury du concours du Quai qui avait insulté son père était un antisémite, promu par Vichy.

— Tout se suit, tout se tient. Humilier papa, s'en prendre aux Juifs, on va de saloperies en saloperies.

Le rejet de Pétain, la haine de Laval allaient de soi, mais comment les traduire en action ? Pour Jacques, c'était très clair : participer à la Résistance.

À la fin août 1941, Hélène approuva l'entrée de son fils à l'École libre des sciences politiques, rue Saint-Guillaume. Là, ce dernier n'eut aucune difficulté à rallier un petit réseau de résistants. Ils se retrouvaient tous les samedis matin à 7 h 30, le temps, le couvre-feu terminé, de rejoindre l'épicerie de Montmartre dans laquelle ils écoutaient Radio Londres.

Jacques aimait ce moment où il traversait Paris au lever du jour. Il enfourchait la bicyclette de son père. Il faisait sa halte rituelle place de Mexico où la pâtisserie ouvrait de très bonne heure. Érika, la boulangère, avait un faible pour lui. Elle lui gardait toujours un bout de pain frais, qui serait payé, quand il le serait, avec un ticket de rationnement. Il remontait ensuite l'avenue Kléber dont la douce pente le mettait en jambes, passait devant l'hôtel Raphaël, jetant un œil sur les soldats allemands dans leurs guérites. Il apercevait parfois Ernst Jünger, le grand écrivain enrôlé dans l'armée d'occupation, lisant sur un banc. Son père lui avait fait découvrir *Orages d'acier* afin qu'il prenne conscience du danger que représente la fascination pour le combat. Arrivé place de l'Étoile, il se régalait toujours, au point d'en faire, lorsqu'il avait un peu d'avance, un tour supplémentaire pour contempler l'alternance des inscriptions napoléoniennes, tantôt noms de généraux, pas toujours très connus, tantôt rappels de victoires. Il se demandait comment deux intrus s'y étaient glissés. Bien qu'il admirât les courages si différents de Foch et Victor Hugo, Jacques estimait qu'ils n'avaient rien à faire à côté de la Grande Armée. Après Kléber, héros de la campagne d'Égypte, l'avenue d'Iéna, l'avenue Marceau, anciennement dénommée Joséphine, puis, succédant aux Champs-Élysées,

Friedland, Hoche, Wagram, Mac-Mahon, Carnot qui claquaient comme autant de drapeaux de nos gloires nationales. Jacques, passionné d'histoire, avait appris tout cela dans le *Dictionnaire des rues de Paris* de Félix et Louis Lazare, que sa mère lui avait offert lorsqu'il était entré en sixième.

Une fois accompli son tour rituel de la place de l'Étoile, la descente de l'avenue de Wagram lui offrait un répit avant la montée des boulevards de Courcelles et des Batignolles, le faux plat du boulevard de Clichy, et surtout la rude pente de la rue Lepic. Le trajet faisant cinq bons kilomètres, il y arrivait vers 7 h 25 et constatait, au fil des semaines, la raréfaction des fruits et légumes sur les étals. L'épicerie de Mme Pierçon se trouvait au début de la rue Robert-Planquette, une impasse peu fréquentée. Située près de l'intersection avec la rue Lepic, elle possédait une sortie au fond du magasin permettant de filer à l'anglaise à travers des courettes reliées par quelques souterrains. Jacques et sa bande avaient testé un départ en catastrophe, au cas où la Gestapo débarquerait.

Aimant la ferveur de ces jeunes – Jacques n'avait pas encore dix-sept ans, les autres guère plus à de rares exceptions près –, Mme Pierçon, l'épicière, leur servait un copieux petit déjeuner qui atténuait les privations de la semaine. Le groupe était politiquement assez disparate, ce qui donnait lieu à des discussions passionnées.

Leur premier sujet de désaccord portait sur le recours ou non à l'assassinat politique. Le 21 août, deux mois jour pour jour après l'invasion de l'Union soviétique par les nazis, des militants communistes avaient mené une action spectaculaire au métro Barbès, tuant un officier allemand. La légende du colonel Fabien se répandit rapidement dans Paris, et avec elle les dissensions au sein de la Résistance. Certains, tels Emmanuel d'Astier de La Vigerie ou Marcel Cachin, condamnèrent ce type d'action. D'autres la défendaient comme un moyen de fixer des troupes allemandes à l'Ouest, afin d'aider les Russes à faire front, en attendant le jour, qui viendrait forcément, de la contre-attaque victorieuse. Entre les deux, Jacques et plusieurs de ses copains du réseau avaient entendu la voix très reconnaissable de Maurice Schumann sur Radio Londres :

> *Les coups de feu tirés par le jeune Français sont la suite logique, fatale, inéluctable de l'attentat permanent contre la nation française par l'ennemi et ses complices* [...] *l'attentat appelle l'attentat.*

Ni approbation ni condamnation, juste une explication. Les jeunes gaullistes du groupe restèrent dans l'hésitation.

Jacques fut sidéré par la réaction immédiate du régime, tant elle lui semblait encourager les tenants de l'action directe la plus extrême. L'occupant exigea l'exécution d'otages. Pourquoi en rajouter avec la mise en place de « sections spéciales » ? Le peu de droit qu'il avait fait lui suffisait pour voir que ses principes les plus fondamentaux étaient bafoués. Il se demandait comment dénommer « loi » un texte édicté par l'exécutif ? Comment Joseph Barthélemy, ministre de la Justice, avait-il pu le signer, lui qui, professeur de droit, avait antérieurement fait sa thèse sur la non-rétroactivité ? Comment oser prévoir des condamnations, jusqu'à la peine de mort, sans motivation, sans recours, y compris pour les auteurs d'actes commis avant sa promulgation ?

Les premières condamnations, suivies d'exécutions immédiates, tombèrent le 28 août : une semaine pour « légiférer », arrêter, juger, condamner et fusiller des hommes, juste parce qu'il s'agissait de communistes.

Le 20 octobre, l'exemple du colonel Fabien fut suivi par l'un de ses adjoints à Nantes. Gilles Brustlein, envoyé de Paris avec un ancien des Brigades internationales, parvint à tuer le commandant Karl Hotz, chef de la Kommandantur, en lui tirant deux balles dans le dos devant la cathédrale. Deux jours après, les représailles tombèrent à Châteaubriant, avec l'exécution de Guy Môquet et de vingt-six autres otages.

À Montmartre, dans l'arrière-salle de l'épicerie, ils écoutèrent la réaction de De Gaulle :

> *Il est normal, il est tout à fait justifié que des Allemands soient tués par des Français* [...]. *Mais il y a une tactique à la guerre et la guerre doit être conduite par ceux qui en ont la charge.*

La position du chef de la France libre ne relevait que d'une évaluation militaire. Moralement, ces actes de guerre lui paraissaient justifiés par cela seul qu'ils s'en prenaient à l'ennemi, et les représailles ne le dérangeaient pas, car il considérait les otages exécutés, quels qu'ils fussent, comme des soldats morts pour la patrie. Les objections formulées étaient de nature stratégique : d'une part, toute action militaire exigeait coordination pour prétendre à l'efficacité, d'autre part, la lutte armée lui paraissait, au début de l'automne 1941, prématurée.

Le harcèlement, l'engagement, le soulèvement viendraient plus tard.

Les jeunes résistants de l'épicerie n'étaient pas tous convaincus, loin de là. Michel, à vingt-quatre ans l'un des plus âgés du groupe, préparait l'agrégation de philosophie. Il ouvrit le débat.

— Le tyrannicide est reconnu comme un droit depuis l'Antiquité, déclara-t-il avec solennité. Xénophon, Platon, Aristote, Démosthène, et tant d'autres, l'ont justifié. Mieux, sous la démocratie de Clisthène, le meurtre d'un ennemi public est consacré en droit, pas seulement en possibilité mais comme un devoir civique. Celui qui l'exécute, le tyrannicide, devient « pur » devant les dieux.

Jacques voulut éviter une discussion métaphysique trop longue :

— Pour intéressante que soit la question philosophique, celle qui nous est posée aujourd'hui est politique.

Daniel, pragmatique et activiste s'il en fut, sauta sur l'occasion et plaida pour la multiplication de ces exécutions :

— La fureur qu'elles provoquent chez Hitler et ses sbires suffit à les justifier.

Jean, qui voulait devenir pasteur, objecta aussitôt :

— Un Boche tué provoque l'exécution de dizaines d'otages. Nous n'avons pas le droit d'entraîner la mort des nôtres.

Daniel répliqua de nouveau sur le terrain politique :

— Les exécutions d'otages accentuent l'opposition tant à l'occupant qu'au régime. Regardez l'indignation mondiale provoquée par les fusillés de Châteaubriant.

Même Roosevelt s'est exprimé alors que les États-Unis ne sont pas en guerre. J'ai noté sa déclaration :

Les peuples civilisés ont depuis longtemps adopté le principe qu'aucun homme ne doit être puni pour les actes d'un autre homme. Les nazis auraient pu apprendre de la dernière guerre l'impossibilité de briser le courage des hommes par la terreur.

Jacques proposa de diffuser un tract avec la déclaration de Roosevelt, ce qui fut aussitôt accepté. Quant aux actions violentes, il suggéra une solution intermédiaire :

— Prenons-nous-en à des soldats allemands pour leur voler leurs armes, qui nous seront bien utiles. Mais évitons de les tuer et de provoquer ainsi de terribles représailles.

Cette motion de synthèse ressouda le groupe. Aux adversaires des assassinats même d'Allemands, elle concédait de ne s'y point livrer, sauf si les prises d'armes tournaient mal. Aux enflammés des actions violentes, elle accordait ces coups de main fort risqués. Ayant ainsi concilié ce qui semblait ne pouvoir l'être, Jacques devenait *de facto* le leader de ce petit groupe informel qui, ne s'étant rattaché à aucune organisation, n'avait point de chef. Ses camarades de Résistance se disaient tous que, décidément, il faisait preuve d'un sacré charisme.

1942

Tous les matins sauf le week-end, Jacques quittait la rive droite pour aller à ses cours. Il circulait à vélo – comme la plupart des Parisiens – et se disait : « On se croirait à Amsterdam. » Puis changeait d'avis : « Non, à Berlin. » « *General der Luftwaffe* », « *Sanitätspark* », « *Bekleidungslager* », ces panneaux de signalisation balafraient les rues. Les drapeaux à croix gammée flottaient sur tous les grands hôtels. Le révulsait plus que tout de les voir sur le Palais-Bourbon et le Quai d'Orsay où siégeait l'administration du Gross-Paris. Nombre de statues avaient été fondues pour en récupérer le bronze, ne restaient que leurs socles. Seules celles des saints, rois et reines avaient été épargnées, ce qui le confortait un peu plus dans ses convictions républicaines… Il regretta particulièrement la statue de Claude Chappe, l'inventeur du sémaphore, au carrefour Bac. Il se répétait : « Paris n'est plus Paris. »

Parallèlement à Sciences Po, Jacques s'était inscrit en droit. Il faisait partie de cette toute petite minorité d'une génération qui pouvait poursuivre des études supérieures et avait pleinement conscience de ce privilège. Plusieurs de ses amis de terminale avaient été obligés de chercher un travail, l'obtention du bac leur offrant cependant un avantage dont étaient privés 95 % des jeunes Français. Alors accéder à la fac, à Sciences Po, c'était le paradis sur terre.

Paradis peut-être, mais tout relatif en ces temps où le soleil semblait ne jamais se lever. Ils étaient cependant chaque mois un peu plus nombreux à vouloir en capter et diffuser les rayons, particulièrement chez les étudiants – ceux de lettres un peu plus enclins à l'insoumission que leurs collègues de droit. Les uns et les autres se côtoyaient souvent dans les cafés de la montagne Sainte-Geneviève qui pullulaient entre le Panthéon et la Sorbonne.

Au début de 1942, le groupe de l'épicerie avait décidé d'intégrer une organisation. Ce choix n'était pas allé de soi. N'impliquait-il pas un alignement sur les positions gaullistes ? Daniel, le plus activiste du lot, y répugnait, tout comme Michel, communiste, par respect pour le Parti. Jacques sut cependant les convaincre :

— L'organisation et la coordination des réseaux de Résistance ne s'imposent pas seulement pour des raisons d'efficacité. C'est un impératif politique. Hitler n'a plus seulement contre lui Staline, mais aussi Roosevelt depuis décembre. À terme, il ne peut que perdre. Reste à savoir quelle place prendra la France le jour de la victoire des Alliés. Si nous restons divisés et éclatés, nul doute qu'elle sera sous tutelle. Si nous nous regroupons et agissons de concert, la France redeviendra la France.

Ses camarades acquiescèrent. Tous rejoignirent Ceux de la Résistance, le mouvement qui avait pris la suite de Combat lorsque Frenay, son chef, s'était replié en zone libre.

À la fin août 1942, Jacques rencontra au Panthéon Pierre Arrighi, étudiant en droit comme lui, et surtout un des dirigeants de Ceux de la Résistance. D'emblée, ils sympathisèrent. Arrighi savait y faire.

— Alors comme ça, m'a-t-on dit, vous avez récupéré un petit arsenal en vous en prenant à des soldats allemands. Des officiers, même. Raconte-moi !

— Dans notre groupe, j'ai dû calmer une tête brûlée. Daniel voulait imiter le colonel Fabien et descendre les SS les uns après les autres. Au lieu de quoi, nous nous sommes spécialisés dans la récupération d'armes.

— Comment opérez-vous ?

— C'est assez simple. Nous arpentons les rues par groupes de trois jusqu'à ce que nous repérions un Schleu relevé qui rejoint son casernement, dans une rue déserte. L'un de nous le double en ayant l'air pressé et va vérifier qu'il n'y a pas de soldats ou de flics au bout de la rue. S'il se retourne, cela signifie que la voie est libre. Le deuxième arrive à la hauteur du soldat et lui demande l'heure. Il n'a pas le temps de répondre que le troisième s'empare de son arme. Et tous s'enfuient en courant.

— Et vous avez fait combien d'actions de ce genre ?

— Une dizaine.

— Sans problème ?

— Si, une fois, une traction avant a déboulé et on a failli se faire prendre. J'ai eu la peur de ma vie. Heureusement, c'était devant le parc Monceau, que Daniel connaissait comme sa poche. On a escaladé les grilles, traversé trois allées en courant, et on est ressortis sans problème.

— Vous avez eu un sacré pot. Pas question de continuer ce genre d'action.

— Nous en avons fait plein d'autres moins risquées. Michel sait repérer les Citroën de la Gestapo ou de la Milice, garées la nuit. On leur crève les pneus, jamais dans le même quartier.

— Écoute, Jacques, j'admire beaucoup ces actes courageux, mais ils sont prématurés. Nous sommes encore très minoritaires. Il faut grossir les rangs de la Résistance. Donc rallier des hésitants, et d'abord à la fac, c'est un vivier. Faites des tracts, pas des coups d'éclat.

— Tous mes hommes ne me suivront pas. J'en vois deux ou trois qui veulent absolument s'en prendre directement à l'occupant.

— Tant pis. Recrute. Un de perdu, dix de retrouvés. Et tu nous seras plus utile en sauvant ta peau.

Jacques fut convaincu et sut convaincre. Seul Daniel décida de quitter le groupe afin de poursuivre sa quête d'héroïsme. Quant aux réticents, ils levèrent leurs doutes à l'écoute du tract que Jacques leur lut et leur proposa de distribuer dans le Quartier latin. Grâce à ses liens corses, Arrighi avait appris l'histoire de Pierucci, tandis que ceux de l'épicerie connaissaient bien celle de Barthélemy.

L'honneur perdu du ministre Barthélemy
L'honneur sauvé par le juge Pierucci

Joseph Barthélemy fut un grand professeur de la faculté de droit de Paris. Il enseigna les règles et les exigences du droit, que n'ont pas oubliées nombre de ses étudiants qui aujourd'hui résistent à la barbarie de l'Occupant.

Joseph Barthélemy est aujourd'hui le suppôt de la dictature pétainiste et de la soumission à l'ennemi. Devenu ministre de la « Justice », il a osé signer de son nom l'ignoble

« loi » d'août 1941 instaurant les sections spéciales, contre tous les principes fondamentaux de notre droit.

Pour quelques honneurs, il s'est couvert de déshonneur.

Toussaint Pierucci est un modeste juge à la cour d'appel d'Aix-en-Provence. Il a rempli discrètement et honnêtement sa fonction de magistrat.

Désigné pour présider la section spéciale de la région et condamner à mort rétroactivement communistes, anarchistes et autres, Toussaint Pierucci a refusé une tâche à ce point indigne.

Au risque de perdre quelques honneurs, il a sauvé l'honneur.

Étudiants de la faculté de droit de Paris, soyez fidèles au Barthélemy d'hier et au Pierucci d'aujourd'hui, soyez respectueux des principes supérieurs du droit, rejoignez la Résistance. Préparez avec nous la libération de la France qui rendra aux Français leur liberté.

Le 4 septembre, le groupe de l'épicerie, désormais dénommé Étudiants de la Résistance, s'était réparti les différents secteurs du Quartier latin afin de distribuer les tracts. Ils évitèrent les abords des commissariats et les lieux où se trouvaient des soldats allemands. Un des étudiants qui avait pris le tract en souriant se précipita au commissariat du haut de la rue Soufflot. Une demi-heure après, Jacques fut arrêté à l'entrée de la station Jussieu alors qu'il s'apprêtait à rentrer chez lui en métro.

Les policiers le livrèrent aussitôt au Service de répression des menées antinationales. Il nia toute activité résistante.

— Ne vous moquez pas de moi. On vous a arrêté avec un tract subversif dans la poche, objecta son interrogateur.

— On me l'a donné. Je me suis contenté de le prendre pour le lire, par curiosité.

— Eh bien, cette curiosité va vous coûter cher. Je vous expédie à la prison de Fresnes.

Jacques se retrouva dans une cellule avec quatre autres résistants relevant de mouvements différents. La communauté de leur destin effaça ce qui les séparait. Aucun d'entre eux ne jouait un rôle dirigeant, la plupart n'étaient que des petites mains, ce qui leur évita, au moins au début, le passage par la Gestapo et, partant, la torture. Jacques se prit d'amitié pour l'un de ses codétenus, jeune médecin psychiatre. Il lui raconta les deux histoires opposées de Barthélemy et Pierucci, sur lesquels il avait écrit le tract à l'origine de son emprisonnement.

Un autre des codétenus était professeur de philosophie du droit. Jacques l'interrogea :

— Comment est-il possible d'avoir deux conceptions antagonistes de son devoir, l'une conduisant à condamner à mort pour des idées, l'autre à totalement le refuser ?

— C'est selon que tu chéris la liberté ou respectes la contrainte.

— Explique…

— Rappelle-toi l'affaire Dreyfus. Dreyfusard ou antidreyfusard, les deux veulent respecter le cadre qui les a constitués et qui a structuré toute leur vie professionnelle. Ce cadre n'est identique qu'en apparence et à un niveau d'abstraction qui ne veut pas dire grand-chose, à savoir le droit.

— Mais encore…

— Quelle impatience !

— Je veux juste comprendre.

— Eh bien, tu vas comprendre. Pour le conservateur, le droit signifie l'ordre et le respect des institutions, de l'armée et de l'ensemble ordonné des règles édictées par l'autorité publique auxquelles il convient de se plier. Pour l'homme libre, le droit repose sur des principes supérieurs qui fondent une civilisation, telles la liberté tant qu'elle ne nuit pas à autrui, la dignité due à tout homme. Du droit, le premier n'avait finalement qu'une conception formelle, l'autre, sans la dénier, la tenait pour seconde au regard d'une conception substantielle. Barthélemy n'était qu'une reproduction de la figure de l'antidreyfusard, Perruci du dreyfusard.

Le 24 septembre, jour de ses dix-huit ans, Jacques était toujours en attente de jugement. Sa sœur parvint à lui faire passer une lettre et un gâteau confectionné par la fidèle Germaine. Il le partagea avec ses camarades de cellule.

Le soir venu, sa mère reçut un appel d'un vieil ami de la famille qu'elle n'avait pas revu depuis l'enterrement de son mari. Jean Luchaire, lié de longue date avec Otto Abetz, l'ambassadeur du IIIe Reich, ne cessait de vanter les mérites de la collaboration dans son journal, *Les Nouveaux Temps*. Le vent pouvait tourner, et il se rappela quelques anciennes amitiés et téléphona à Hélène Duhamel.

— Chère Hélène, je viens d'apprendre la terrible nouvelle. Votre fils chéri est emprisonné à Fresnes, le jour de ses dix-huit ans. J'imagine dans quel état vous devez être. Rassurez-vous. J'appelle tout de suite le Maréchal.

Hélène lui répondit :

— Je préfère le savoir emprisonné par les Allemands que libéré par vous.

Elle raccrocha et pleura.

1943

En décembre 1942, une vingtaine de prisonniers, dont Jacques, furent libérés. Il fallait faire de la place dans la prison, complètement bondée, pour y loger des résistants avérés. Or Jacques n'était au plus qu'un distributeur de tracts. Les enquêteurs n'étaient même pas certains qu'il fût vraiment lié à la Résistance. De surcroît, la direction de Sciences Po s'était activée pour le protéger. Elle avait déplacé sa convocation aux épreuves orales le plus tard possible, afin de se laisser le temps d'intervenir, ce qu'elle fit en adressant une lettre aux autorités précisant :

La présence de Jacques Duhamel est nécessaire pour subir (sic) *des examens portant sur les cours de MM. Pichat, Waline et Baumgartner.*

À l'image de la France, résistants et pétainistes se côtoyaient au sein de l'École – les premiers évidemment clandestins. Pétain lui-même avait été membre du conseil d'administration.

Hélène fêta le retour de son fils à la maison avec un lapin à la moutarde concocté par Germaine. Jacques en mangea à lui seul la moitié, sans que sa mère ni sa sœur s'en offusquent. Elles lui suggérèrent non pas de mettre un terme à ses activités de Résistance, mais de se montrer plus prudent. Il en convint.

À peine les examens de sa première année passés, Jacques eut un coup de foudre. Un jour qu'il avait prêté sa bicyclette à Micou, il se rendit à Sciences Po en bus. Il monta dans le 63 à « Sablons-Cortambert » et s'assit en face d'une femme qui provoqua aussitôt en lui un choc quasi électrique. Jacques n'avait jamais ressenti pareille sensation, mélange de découverte et de réminiscence. Douze stations le séparaient de sa destination, « Rue du Bac ». Entre « Trocadéro » et « Alma-Marceau », il eut l'impression de voir un lac émeraude et, en fermant les yeux, d'y plonger. Lorsqu'il les rouvrit, elle lui rendit son regard de feu. Il prit sa tête dans ses mains, pour rêver de nouveau quelques instants. Le voici rejeté vingt ans plus tôt, avant même sa naissance. À peine une seconde durant, il se crut dans le liquide amniotique. Revenu à la réalité, il constata, soulagé, qu'elle était toujours là. Le bus franchit la Seine par le pont des Invalides. C'est là que Jacques perçut la pointe de ses seins, qui venaient de se gonfler. Était-il possible qu'elle éprouvât le même irrésistible élan qui l'animait, lui ? « Assemblée nationale », pour une fois, il ne vit pas le drapeau nazi, mais un peu de ses jambes. Et, bonheur, elle ne descendait pas du bus. « Lille-Université », il remonta ses yeux vers ses lèvres sanguines. « Solferino-Bellechasse », les voici sur le point d'arriver. Elle se pencha pour ramasser son cartable et le mit sur ses genoux. Chance, elle allait descendre à la même station que lui. « Rue du Bac », il la laissa se lever et ne la suivit que de loin. Le miracle se prolongea, elle traversa le boulevard Raspail, emprunta Saint-Germain, franchit le croisement avec la rue de Luynes et tourna rue Saint-Guillaume. Entrée dans Sciences Po, il la vit se rendre au secrétariat de la scolarité.

Ce jour-là, Jacques écouta à peine le cours d'André Siegfried sur le sol calcaire qui fait voter comme l'instituteur et le granitique comme le curé. À la sortie de l'amphithéâtre, il demanda à un camarade de lui résumer la thèse du prof.

— Le sol granitique favorise la dispersion de l'habitat. Donc des grandes propriétés, des nobles, le maintien du poids de l'Église. Le calcaire, au contraire, impose un habitat plus dense, des petites propriétés, une petite bourgeoisie, l'importance de l'école. Et il démontre tout cela en étudiant toute une série d'élections au nord et au sud de la Vendée.

— Très fort, répondit Jacques en s'éclipsant rapidement.

L'image de la passagère du 63 ne cessait de le hanter. Il décida d'attendre l'heure de fermeture du secrétariat afin de partager avec elle le bus du retour. Et là, il osa. Il lui parla. Juste pour lui demander son prénom. Martine. Sans en dire davantage, il la suivit jusqu'à l'immeuble dans lequel elle s'engouffra. Elle retint très brièvement la porte cochère. Ce n'était pas une vraie invite, juste une possible permission. Il se précipita dans la brèche.

Jacques était tombé amoureux. Il n'eut d'ailleurs en rien l'impression de *tomber*, tout au contraire celle de s'élever vers un monde jusqu'alors inconnu, sensation d'autant plus forte que cet amour frôlait l'interdit.

Martine n'avait pas seulement six ans de plus que lui ; elle travaillait à la scolarité. Si elle ne participait en rien aux notations et ne pouvait aucunement accorder à son amant un quelconque avantage, il n'en demeurait pas moins que la révélation d'une telle liaison eût fait scandale, à Sciences Po encore plus qu'à l'Université. Nul doute que Martine eût été licenciée sur-le-champ.

Les amoureux se cachaient bien. Ils prenaient soin de ne pas quitter ensemble le 27, rue Saint-Guillaume, alors qu'ils allaient pourtant dans la même direction. Martine louait une chambre de bonne rue de la Pompe, tout près de l'appartement des Duhamel. Jacques montait toujours les six étages en sautant une marche sur deux. En cette fin d'automne, il faisait froid, et les chambres de l'étage de service n'étaient plus chauffées : les petits poêles dont chacune était pourvue ne recevaient plus de livraisons de bois. Cela ne dérangeait pas Jacques qui y voyait un bon prétexte pour réchauffer sa dulcinée de ses caresses. Il commençait toujours par sa longue chevelure auburn, l'embrassait ensuite longuement dans le cou avant de dégrafer son soutien-gorge d'un geste rapide. Parvenu au grain de beauté logé entre ses deux seins bien ronds, il fermait les yeux et s'embarquait pour un voyage hors du temps. Lorsque Martine, après de nombreux murmures, étouffait un cri de plaisir, il se savait arrivé à destination.

L'intensification des actions, toujours dirigées par Arrighi, ne l'empêcha pas de fort bien travailler à Sciences Po. Il voulait satisfaire sa mère et impressionner Martine. Ses notes oscillèrent entre 14 et 18. Il se pliait sans effort à l'étiquette exigeante de l'école et se rendait rue Saint-Guillaume en costume et nœud papillon, coiffé d'un élégant chapeau noir, qu'il déposait comme tout élève au vestiaire. Jacques se disait qu'il avait vraiment de la chance, toutes les chances. Celle de vivre un moment aussi intense de l'Histoire, et d'y participer pleinement. Celle d'être amoureux de Martine. Celle d'être aussi passionné, et de pouvoir déverser sa force de passion en tant de domaines. Celle d'avoir de si grands professeurs. André Siegfried et ses découvertes de géologie électorale, Wilfrid Baumgartner qui parvenait à rendre les finances publiques aussi intelligibles que vivantes, Marcel Waline qui pratiquait deux cultes, celui du droit public et celui du gaullisme. Celle d'être si apprécié par Charles Morazé.

Ce jeune professeur, major de l'agrégation d'histoire et de géographie, avait été recruté par l'école dès 1941 – il avait alors vingt-huit ans. Il renouvelait considérablement l'enseignement de l'économie en se consacrant à l'histoire économique et sociale avec de nouvelles techniques. Aussi dirigea-t-il le mémoire de Jacques dont le sujet était le renouvellement de la bourgeoisie. Jacques traita le sujet comme il convenait, parvenant à se départir de ses sentiments personnels. Il évita donc une thèse radicale, qui aurait opposé la bourgeoisie traditionnelle de l'argent, celle des employeurs de son père, à la nouvelle bourgeoisie du savoir ou du service de l'État, celle à laquelle il voulait appartenir. Plus sagement, il insista sur la survivance des notables de toutes sortes confrontés à l'avènement des entrepreneurs. Résultat final : 18½. Évidemment ravi, Jacques ne cessa cependant de se demander quelle subtilité cérébrale permettait d'évaluer un mémoire en sciences humaines au demi-point près…

Morazé avait entendu dire que Jacques participait activement à la Résistance. Il appréciait l'étonnante dualité de ce jeune homme, d'un côté si modéré dans ses copies d'étudiant, de l'autre si engagé dans ses actes politiques.

La prudence de l'élève paya. L'École l'appréciait. Il apprécia l'École. Elle le sauva du service du travail obligatoire (STO), qui l'aurait obligé à suspendre ses études et aller servir l'ennemi chez lui.

Pour le sortir de prison, ce fut le sous-directeur qui s'était chargé d'écrire aux autorités. S'agissant du STO, le directeur lui-même prit sa plume et s'adressa à l'inspecteur général du travail, demandant, à l'occasion du cas de Jacques Duhamel, l'exemption de tous les élèves dans une situation équivalente tant qu'ils poursuivraient leurs études. L'obligation d'effectuer la relève reposait sur le fait que :

> *L'Union des Mines [l'a] fait figurer sur les listes du personnel soumis aux Autorités d'occupation, en mentionnant sa qualité de stagiaire.* [...] *La situation de cet élève soulève une question de principe* [...]. *Beaucoup d'élèves de notre École – je pense qu'il en est ainsi dans les facultés et autres établissements d'enseignement supérieur – travaillent en même temps, soit comme stagiaire, soit comme employé titulaire dans les grandes administrations privées.*
>
> *Étant donné qu'ils travaillent pour pouvoir rester étudiants et obtenir des diplômes qui leur permettront d'avoir accès par la suite à des fonctions plus élevées dans l'ordre public ou dans l'ordre privé, il semble évident que leur qualité d'étudiant doive primer celle de leur second métier, qui n'est, au demeurant, qu'un métier d'appoint.*

La démarche aboutit. Jacques ne partit pas en Allemagne et poursuivit ses activités de résistant tout en terminant sa scolarité à Sciences Po, avant de postuler à de hautes « fonctions dans l'ordre public ».

Jacques faisait Sciences Po, Jean-Louis terminait sa première année de médecine. Du premier, le second était déjà une sorte de beau-frère, son amourette de préadolescent avec Micou s'étant transformée petit à petit en vraie histoire d'amour. Et plus il aimait Micou, plus il aimait Jacques. Chaque jour qui passait, l'évidence s'imposait davantage : la jumelle devenait la femme de sa vie, le jumeau son ami pour la vie.

Lorsque Jacques était entré dans la Résistance, Jean-Louis ne l'avait pas suivi. Il y voyait plus un jeu d'adolescent exalté qu'autre chose ; de surcroît, ses études de médecine primaient tout le reste. Et, en bon jouisseur, il profitait pleinement des richesses de son père. Dans l'appartement de l'avenue Marceau, les Funck-Brentano subissaient peu les restrictions de la guerre. La plupart des Parisiens mangeaient pigeons ou corbeaux, eux les poulets rapatriés de la campagne et les faisans rapportés de la chasse par les époux de ses patientes.

L'attitude de Jean-Louis avait changé en septembre 1942. Jacques arrêté par la police, Jacques interrogé par la Gestapo, Jacques emprisonné par le régime… Plus question d'y voir un jeu, même dangereux. Le 24 septembre, jour de l'anniversaire des jumeaux, Micou avait pleuré toute la journée, ne s'interrompant que pour donner à Jean-Louis une lettre afin qu'il la portât lui-même à Fresnes. Il avait eu droit à une visite de cinq minutes et en était sorti bouleversé. Son ami, son quasi-frère était souriant, et avait tout fait pour le rassurer. Mais comment ne pas voir tous ces kilos perdus ? Et que, derrière la façade affable, le regard ne pouvait cacher les souffrances de l'enfermement. Revenu chez les Duhamel, rue de Longchamp, il était resté avec eux pour le dîner, et avait assisté à l'appel de Luchaire, vu Hélène raccrocher et pleurer.

Ce jour-là, pour Jean-Louis, tout avait basculé. Cette minuscule famille serait la sienne. Et l'engagement de Jacques lui montrait la voie. Mais quand ? Comment ?

Dans les mois qui suivirent, Jean-Louis continuait de se donner pleinement à ses études de médecine. Avait-il perdu sa résolution ? Il l'avait plutôt enfouie. Elle resurgissait au gré des circonstances, le détournant un moment de son travail.

En novembre, il faillit tout arrêter. Dans le grand appartement de l'avenue Marceau, il écouta Radio Londres avec son père. Les Alliés venaient de débarquer à Alger. Les Allemands avaient répliqué par l'invasion de la zone dite libre, le 11 novembre, en plus. Paul commenta pour son fils :

— Les pétainistes de bonne foi, il en existe, ne pourront que changer de camp. Tout devient clair.

— Je veux partir pour Alger, répliqua Jean-Louis.

— Termine ton année de médecine, sans quoi tu ne serviras pas à grand-chose. En revanche, ils auront besoin de médecins, même débutants.

Jean-Louis fut convaincu – et soulagé : sa décision était prise, irrévocable ; ce n'était plus qu'une question de mois…

Un dimanche de mai 1943, juste après qu'il eut réussi ses examens de première année, le moment vint. Au déjeuner dominical de l'avenue Marceau, les convives se disputaient sur de Gaulle. Hors celle des acharnés de la collaboration, toute la gamme des opinions était représentée : inconditionnels du Maréchal, nostalgiques de l'amiral Darlan, gaullistes défenseurs de la Résistance et partisans du général Giraud essayant de les concilier tous. La confrontation la plus vive porta sur l'assassinat de Darlan, le 24 décembre précédent. Un pneumologue, gaulliste, s'en réjouit : Darlan n'avait-il pas collaboré avec les Allemands avant de devenir l'homme des Américains ? Un avocat, maréchaliste, incrimina les services secrets britanniques. Paul Funck-Brentano, en bon chirurgien réclamant ses instruments les uns après les autres, distribuait la parole. Il voulait éviter que tout cela ne tourne au pugilat, mais se gardait de prendre parti. Personne ne devait soupçonner qu'il animait un réseau de la Résistance, sous le nom de Paulin. Un homme restait silencieux, le père Carré. Fixé sur son regard, scrutant les réactions de son visage muet, Jean-Louis ne douta point de ses choix. Le repas terminé, il lui demanda rendez-vous et l'obtint pour le lendemain.

Le père Carré reçut Jean-Louis dans son bureau du couvent des Dominicains, avenue de la Tour-Maubourg. Il le fit attendre une demi-heure, et s'en excusa.

— Pourquoi viens-tu me voir ? Tu cherches un prêtre ?

— Pas du tout. Je n'ai plus la foi.

— « Même disparue, elle a ceci de particulier qu'elle agit encore », disait Renan.

— C'est d'une autre action que je veux vous parler, mon père.

— Et pourquoi s'adresser à moi ?

— Papa m'a dit que vous étiez l'homme idoine.

— Je crois que je te vois venir.

— Je veux partir. Rejoindre Alger et ceux qui préparent la libération de la France. Pouvez-vous m'aider ?

— Et ta mère ? Elle aussi est d'accord ?

— Elle me tricote des chaussettes chaudes… Mais je m'inquiète pour elle. Comme vous le savez, elle est juive.

— J'ignore si, par prudence, on l'a baptisée. Si nécessaire, je le ferai – enfin, je lui donnerai un certificat de baptême.

Les yeux de Jean-Louis s'embuèrent. Le père Carré s'en émut. Ce jeune étudiant en médecine ne se satisfaisait pas de son confort bourgeois qui le protégeait pourtant de bien des privations de la guerre. Il se dit qu'il pouvait lui faire confiance, et, après quelques secondes d'hésitation, il lui raconta pourquoi il avait dû le faire attendre.

— Ma sœur Geneviève vient d'échapper au pire. Poussant un landau chargé d'armes, cachées par un bébé, elle a vu surgir un soldat allemand qui s'est proposé de l'aider. Il l'a fait sans s'inquiéter du poids anormal du landau.

L'histoire impressionna Jean-Louis, qui peina quelque peu à trouver ses mots. Il se contenta de le remercier.

Une semaine plus tard, vint le moment du départ. Son père lui offrit, comme promis, un billet de wagon-lit jusqu'à Bayonne. Jean-Louis le lui avait demandé, plaidant l'impérieux besoin d'un ultime moment de grand confort avant de traverser les Pyrénées à pied… Paul sourit : son fils était décidément un incurable épicurien.

Il ne partait pas seul, ayant entraîné dans l'aventure son vieux copain Jacques Margot-Noblemaire, le type du beau gosse baroudeur. À Bayonne, ils prirent une correspondance pour Mauléon, où ils rejoignirent le premier contact donné par le père Carré. L'homme en question, vendeur ambulant de viande chevaline, les transporta dans son camion Renault jusqu'à Saint-Jean-Pied-de-Port. Une bonne sœur prit le relais et les conduisit avec sa carriole huit kilomètres plus loin, au village frontière d'Arneguy. Ils allèrent y grossir la petite colonne de ceux qui s'évadaient – comme ils disaient. Malgré l'invasion de la zone sud, les contrôles étaient encore entre les mains des policiers et douaniers de Vichy, moins disciplinés que les soldats de la Wehrmacht. Quant aux postes de garde allemands, installés ici et là, ils les éviteraient en marchant de nuit, les repérant par leurs éclairages, et, s'ils s'en approchaient trop, les aboiements de leurs chiens les avertiraient. La bonne sœur leur apprit que, à l'exception d'un détour le long de la Nive afin d'éviter le poste-frontière, ils emprunteraient la route ancestrale des pèlerins de Saint-Jacques-de-Compostelle.

— Vous n'avez qu'à suivre vos guides scrupuleusement. Vous passerez par Roncevaux, *Roncesvalles*, et descendrez jusqu'à Pamplona. On vous attend au monastère de San Pedro el Viejo.

— Merci, ma sœur, vous allez finir par convertir les deux mécréants que nous sommes, répondit Jean-Louis.

— Mais non, vous avez forcément la foi, puisque c'est le père Carré qui vous envoie. Simplement, vous ne le savez pas…

Ils l'embrassèrent.

La marche dura trois jours. La première nuit fut si noire que, pour ne pas se perdre, ils se tenaient par des mouchoirs. La seconde nuit, l'épuisement commença à se faire sentir ; parfois ils s'endormaient debout, la tête sur l'épaule de celui qui marchait devant. À l'aube du troisième jour, le guide leur annonça qu'il devait les quitter car ils venaient d'arriver en Espagne et qu'il suffisait de traverser une dernière vallée pour rejoindre, en quelques heures, un petit village dont les habitants étaient très accueillants. De là, ils seraient répartis au fil des heures sur les toits de cars qui les emmèneraient jusqu'à Pampelune.

Les deux lascars atteignirent Pampelune dans la soirée du 7 juillet. Ils ignoraient tout de San Firmin, le patron de la Navarre, fêté depuis le XIVe siècle. Franco n'avait pas osé interdire ces incroyables bacchanales. Jean-Louis et son compagnon admirèrent les trois *peñas*, ces associations de quartier qui défilaient drapeaux et musiques en tête. Ils s'attardèrent dans la rue de la Soif. À la dixième sangria, ils rejoignirent la Plaza del Castillo en criant : « Pétain, *maricón*, Laval, *hijo de puta.* » Un policier, plus au fait que les autres, repéra les protestataires et, surtout, qu'il ne pouvait s'agir que de Français ayant franchi la frontière illégalement. Il ne lui en fallait pas plus pour les arrêter.

Le séjour en prison fut des plus pénibles. Ils étaient entassés à six dans des cellules individuelles. La paillasse en copeaux de bois était d'une saleté repoussante, la tinette puait, les puces et les poux proliféraient, les punaises leur tombaient dessus la nuit pour se gorger de leur sang, les soupes huileuses étaient agrémentées de charançons qu'il fallut s'habituer à manger pour donner aux repas quelque consistance.

Au bout d'une semaine, Jean-Louis fut appelé pour une visite. Au parloir, il rencontra un moine de San Pedro el Viejo. Le bon père, s'inquiétant de ne pas les voir arriver au monastère, en avait déduit qu'ils s'étaient peut-être fait arrêter, comme tant d'autres évadés de France. Il rassura Jean-Louis en lui promettant qu'il agirait sans relâche pour les faire libérer, lui et son ami. Une autre semaine passa avant que le moine obtienne audience du directeur de la prison. Il parvint à lui faire croire qu'il s'agissait d'étudiants venus faire retraite. Peut-être le directeur n'avait-il pas été dupe, mais son établissement étant surencombré, il se débarrassa volontiers des deux poivrots. Pour fêter l'événement, Jacques Margot-Noblemaire entraîna Jean-Louis dans un bordel. Son combat pour la libération de la France commença par la perte de son pucelage.

Une fois libres, il fallait encore trouver le moyen de gagner l'Afrique du Nord. À Madrid, où la chaleur d'août était étouffante, Jean-Louis et son pote Jacquot durent patienter plusieurs jours avant d'enfin pouvoir prendre un train pour le Portugal, bondé de ces Français d'Espagne désireux de se battre. Seuls pourraient passer la frontière ceux qui avaient des papiers. Lorsque le train s'arrêta à la gare frontière, les autorités espagnoles firent descendre les voyageurs par grappes afin de les contrôler. Cela fait, tous remontaient dans le train, wagon par wagon. Une chaîne fut mise en place par laquelle transitaient les laissez-passer pour les donner à ceux qui n'en avaient pas. Les douaniers auraient pu s'en apercevoir – encore eût-il fallu qu'ils le voulussent. Cette ronde était aussi joyeuse que laborieuse. Le train resta à quai la moitié de la nuit avant de se diriger enfin vers le Portugal. Jean-Louis et son ami furent très bien accueillis, le chef de la gare frontière leur offrit du vin, et les Portugais leur lançaient des vivats tout le long du trajet jusqu'au port de Setúbal.

Ils embarquèrent sur le *Ville d'Oran*, lui aussi chargé de beaucoup plus de passagers que prévu. La traversée leur permit de rencontrer toutes sortes de gens : des jeunes « évadés » comme eux, mais aussi des officiers pétainistes décidés à rompre l'armistice, seize filles d'un bordel de Bayonne conduites par leur mère maquerelle, quelques Anglais dont on ne savait trop comment ils avaient atterri au milieu de cette faune.

À peine parvenus à Casablanca, Jean-Louis et Jacquot furent sommés de rallier soit la France libre, soit l'armée de Giraud, chacune dotée de recruteurs insistants. Ils décidèrent d'opter en fonction du calicot. Celui des gaullistes était bleu nuit, celui des giraudistes aussi, mais avec du jaune vif au sommet. Plus joyeux. Ils choisirent Giraud. Leur engagement dans le 5e régiment de chasseurs d'Afrique fut cependant des plus éphémères. Dès le lendemain, ils subirent les hurlements d'un colonel :

— Vous êtes des salopards. Vous avez trahi le Maréchal, notre glaive. Je me fais fort de vous remettre dans le droit chemin.

C'était trop. Tant pis pour le calicot. Adieu, Giraud, vive de Gaulle ! Les deux déserteurs quittèrent Casablanca sur le toit d'un vieux car – décidément leur moyen de transport le plus précieux dans les situations délicates. Ils rejoignirent Rabat, puis, quelques jours après, Alger. Enfin Alger.

Le lendemain de leur arrivée, à la terrasse d'un café, ils se lièrent avec un officier gaulliste assez passionné qui leur lut un extrait du discours prononcé par de Gaulle le 14 juillet sur le Forum d'Alger et dont avait été tiré un tract :

La France n'est pas la princesse endormie que le génie de la libération nationale viendra doucement réveiller. La France est une captive torturée qui, sous les coups, dans son cachot, a mesuré une fois pour toutes les causes de ses malheurs, comme l'infamie de ses tyrans. La France a, d'avance, choisi un chemin nouveau !

Touché par leur émotion, il les aida à incorporer une unité de commando. Les deux aspirants au combat avaient fait le bon choix : dès le 2 octobre, de Gaulle devenait le seul président du Comité français de libération nationale.

Grâce à son oncle, Christian Funck-Brentano, qui perpétuait à Alger la tradition familiale de dîners ouverts, le jeune Jean-Louis rencontra deux personnalités non sans points communs. Son oncle l'avait renseigné sur les deux personnages. Ils étaient tous les deux petits, pas très beaux, mais embellis par l'intelligence qui illuminait leurs yeux avant même qu'ils ne parlent. L'un et l'autre avaient été avocats, avant d'entrer, fort jeunes, en politique. Mendès était plus à gauche, Edgar plus centriste, les deux, membres du Parti radical. Leur amitié s'était nouée lorsque Edgar Faure avait défendu Mendès France au procès que lui avait intenté Vichy pour avoir rejoint le Maroc le 21 juin 1940. Mendès était juif, la femme d'Edgar, Lucie, juive. Beaucoup les rapprochait, ils différaient néanmoins sur un point fondamental, qui les opposait dans leur action politique comme dans leur manière de vivre. Pierre Mendès France n'était que parcimonie, cherchant toutes les économies, et Edgar Faure, tout en truculence, goûtait toutes les dépenses. Le premier ne finissait même pas la soupe servie en entrée. Le second se resservait, alors qu'il savait que d'autres plats suivraient.

Jean-Louis osa leur demander pourquoi ils avaient choisi de Gaulle plutôt que Giraud :

— Question de principe. Giraud s'est trop longtemps compromis avec Pétain, de Gaulle est irréprochable depuis le début, répondit aussitôt Mendès.

— Question de talent : Giraud est d'une nullité politique absolue, de Gaulle un vrai chef. J'ai vu tout de suite qu'il gagnerait. Opportuniste, je ne pouvais que le choisir, expliqua Edgar, toujours prêt pour un bon mot, même à son détriment.

Jean-Louis se délecta en entendant les deux amis donner des raisons à ce point opposées. Il se demanda aussi de quel talent Edgar Faure parlait : de celui de Charles de Gaulle ou du sien ?

Hors ces repas, riches en tous points de vue, l'écoute de la radio où de Gaulle s'exprimait souvent et la lecture de la presse, *Journal officiel* inclus, montrant chaque jour à quel point un embryon d'État se mettait en place, il s'ennuyait, n'ayant pas les insatiables besoins sexuels de son ami, ni ses capacités à multiplier les aventures. Micou lui manquait, la guerre aussi. Il perfectionna quand même son début de formation médicale à l'hôpital, ce qui lui évita des mois d'oisiveté.

Tout changea en août 1944 avec le débarquement de Provence. Il découvrit à Juan-les-Pins les charmes contrastés du combat, la peur, mais avec elle les montées d'adrénaline qui la rendent excitante. Il détestait le vacarme mais se consolait en voyant l'ennemi reculer. Lors des accalmies, il pensait souvent à ses parents, content que sa mère ne le voie pas, tant cela l'effraierait, à la différence de son père, qui serait si fier. Les Allemands furent assez facilement dominés, tant leurs troupes avaient été affaiblies lorsqu'une grande partie d'entre elles furent déplacées pour contenir les avancées des Alliés depuis le débarquement de Normandie. L'unité de Jean-Louis remonta vers le nord par la route Napoléon sans rencontrer l'ennemi. Ce qu'il restait des troupes allemandes était harcelé par les maquisards cachés dans les forêts. Les combats ne reprirent vraiment qu'une fois parvenus en Franche-Comté. Et là, tout bascula.

Durant une brève accalmie, le médecin auxiliaire Funck-Brentano se dirigea vers les lignes ennemies pour donner les premiers soins à des blessés, cloués à terre dans un no man's land. Il put en ramener un, puis deux, pas le troisième. Au moment où il l'atteignit, un obus lui arracha le bas de la jambe. Il vit son pied s'envoler. Le soldat qui l'avait accompagné gisait mort à ses côtés. Jean-Louis parvint à ramper pour rejoindre ses troupes. Rapatrié à l'hôpital de Dole, il fut opéré par son père Paul, venu en toute hâte de Paris. La jambe fut sauvée.

1944

La guerre ne perturba guère la vie de Colette, entre Paris et Sanary. Son père poursuivit ses activités habituelles, gérer l'entreprise familiale et gâter sa fille.

Édouard Rousselot avait créé une entreprise fabriquant de la colle en 1891. Il l'agrandit quinze ans après par le rachat de la Manufacture de colle de Ribécourt, avec son usine picarde qui périclitait. Édouard Rousselot développa l'entreprise en ajoutant la gélatine à ses productions. Il ouvrit une nouvelle usine à Aubagne. En 1939, son fils Georges, qui lui avait succédé après sa mort, acquit un petit mas dans la campagne de Sanary. Il l'agrandit aussitôt, le doubla d'une seconde maison pour y installer des fermiers, puis y passa le gros de l'été 1940 avec femme et enfants, Hélène son épouse, Colette et Nadine ses deux filles. Enfin, ses deux filles… Mieux vaudrait dire son fils et sa fille.

Colette, née la première, le 14 octobre 1924, fut une immense déception pour lui. Il avait tant et tant voulu un garçon. Les huit premiers jours, il la regarda à peine. Le neuvième, il passa dans la pièce où la nounou était en train de la changer, jeta un œil, et vit qu'au moment précis où elle posait le linge propre, Colette expulsa une petite crotte. Georges éclata de rire. Il décida que sa fille était un garçon. Et il devint fou d'elle.

Elle était également folle de lui et de Sanary-sur-mer, sur le plateau dominant la baie de Bandol, à quinze kilomètres de Toulon. Tôt le matin, Colette filait en courant vers la mer. En sortant de la propriété, elle croisait souvent leur voisin paysan sur sa charrette tirée par un cheval de labour. Il n'y avait que trois autres maisons sur ce plateau, dénommé La Plaine du Roy. Les trois cents premiers mètres franchis à vive allure, elle reprenait son souffle dans la descente vers la voie ferrée. Elle la franchissait avant de dévaler la petite falaise, traverser la route, et enfin, après les trente derniers mètres escarpés entre les rochers, enlever ses vêtements en quelques secondes pour se jeter dans la mer. Elle nageait d'un crawl parfaitement lié, nageait, et nageait encore, sur toute la baie de Bandol jusqu'à l'île de Bendor. Trois kilomètres, aller-retour. Par mer calme, fluide, caressante, elle fermait les yeux et se sentait libre, totalement libre. Par grand mistral, elle aurait pu se croire dans les violences de la naissance.

Revenue à La Plaine du Roy, Colette passait des heures à tailler les rosiers, ramasser les pommes de pin, dépoussiérer les lauriers, ou alors regarder le travail des fermiers s'occupant tantôt des cochons, tantôt du raisin à transformer en vin. Le déjeuner pris sous la tonnelle, elle s'installait sous l'immense pin, à mi-chemin entre la grande maison et la ferme, et elle lisait. Les journées se succédaient ainsi, partagées entre ses quatre passions, son père, la mer, la terre, les livres.

À la mi-août 1944, sa mère parvint à convaincre son mari de remonter à Paris. Sa sœur Suzanne avait une liaison avec un officier allemand. Il fallait d'urgence aller la protéger. Colette refusa de rester seule à Sanary. Elle dévorait les livres mais ne s'y réfugiait pas. Au contraire, ses lectures lui faisaient obligation de voir l'Histoire de près.

— Daddy, si je ratais la libération de Paris, je ne me le pardonnerais jamais.

— Tu veux dire que tu ne *me* le pardonnerais jamais.

— À toi, je pardonne tout, tu sais bien.

— Et à toi, j'accorde tout. Entendu, tu viens avec nous.

Le vendredi 25 août au soir, elle écouta la radio avec son père et entendit de Gaulle en direct. Il s'exprimait depuis l'Hôtel de Ville, devant les membres du Conseil national de la Résistance et du Comité parisien de libération :

Pourquoi voulez-vous que nous dissimulions l'émotion qui nous étreint tous, hommes et femmes, qui sommes ici, chez nous, dans Paris debout pour se libérer et qui a su le faire de ses mains.
Non ! Nous ne dissimulerons pas cette émotion profonde et sacrée. Il y a là des minutes qui dépassent chacune de nos pauvres vies.
Paris ! Paris outragé ! Paris brisé ! Paris martyrisé ! Mais Paris libéré ! Libéré par lui-même, libéré par son peuple avec le concours des armées de la France, avec l'appui et le concours de la France tout entière, de la France qui se bat, de la seule France, de la vraie France, de la France éternelle.

Son père lui fit remarquer que de Gaulle utilisait le rythme ternaire, agrémenté de rimes :

— « Outragé, brisé, martyrisé », « mais libéré », progression à la Victor Hugo.

— Tu as raison, Daddy. Je préfère pourtant la phrase d'avant, si humble avec ces « minutes qui dépassent chacune de nos pauvres vies ».

Georges Rousselot avait partagé les opinions successives de l'immense majorité de ses compatriotes : pétainiste en 1940, attentiste à partir de 1942, gaulliste depuis 1944, soucieux de son entreprise du début à la fin. Colette avait vaguement suivi ces évolutions sans trop s'y intéresser. Elle préférait la compagnie des livres, et même lorsqu'ils étaient empreints d'un contenu politique flagrant, elle le négligeait, préférant se passionner pour le héros – fût-il un antihéros tel Gilles dans le roman éponyme de Drieu la Rochelle qu'elle dévora. Lorsque son père l'interrogeait sur ses inclinations, elle avouait sans la moindre emphase tendre vers les résistants, parce qu'elle n'aimait pas que l'on s'en prenne aux Juifs ou aux homosexuels, et parce qu'ils étaient courageux. Si peu intéressée par la politique qu'elle fût, elle trouvait que Vichy suintait la compromission. Et, depuis toute petite, elle haïssait la lâcheté.

De Gaulle était sûrement un grand politique, mais c'est son tempérament qui l'impressionnait, son culot, sa détermination. Quand il voulait quelque chose, rien ne semblait pouvoir l'arrêter. Comme elle. Le Général incarnait à ses yeux le courage, évidemment, mais aussi, jusqu'à l'outrance, l'homme de caractère. Il fallait qu'elle le voie de plus près.

Le samedi 26 août, elle se rendit en début d'après-midi à Notre-Dame. Comme les deux millions de

Français qui s'agglutinaient entre l'Arc de triomphe et l'Hôtel de Ville, elle savait que de Gaulle achèverait son triomphe dans la cathédrale avec la splendeur d'un *Te Deum*. Dès qu'elle le vit descendre de la voiture qu'il avait empruntée pour la fin de son parcours, des coups de feu éclatèrent de toutes parts. Les premiers vinrent des toits environnants, les autres de tous côtés en réplique. De Gaulle resta debout, droit comme un immense I, et se dirigea tranquillement vers l'entrée du monument. Colette n'était qu'à une vingtaine de mètres de lui. Elle non plus ne songea pas un instant à se mettre à l'abri. Elle réussit à le suivre avant que les portes fussent refermées, et sourit à la vue de quelques fidèles courbés de peur qui se relevaient lentement pour acclamer l'entrée du libérateur.

Un soir de novembre, Colette alla au cinéma avec son père voir *Arsenic et vieilles dentelles*. Il voulait lui faire découvrir Cary Grant, dont il raffolait. Cette projection la marqua à jamais. Aux actualités de Pathé, un reportage racontait complaisamment une scène de femmes tondues parce que supposées avoir couché avec des soldats de l'armée d'occupation. Images terribles d'hommes traînant des femmes dans la grand-rue en les insultant, d'un jeune en sa tenue de FFI crachant au visage de l'une d'entre elles, d'une harpie tirant la malheureuse par les cheveux, puis, sur la grand-place, un petit gros hilare arrachant son chemisier puis son soutien-gorge, les regards lubriques sur ces seins exhibés de force, l'accusée de « collaboration horizontale » jetée sur une chaise, le tondeur s'en donnant à cœur joie, une femme derrière lui portant son bébé dans les bras et tentant d'arrêter ses pleurs, la tonte finie, deux hommes la soulevant, la foule éclatant de rire…

Daddy ne put faire partager sa passion pour Cary Grant. Dès la fin des actualités, Colette sortit du cinéma en pleurs.

Le lendemain, son père lui apporta un poème d'Éluard :

Comprenne qui voudra
Moi mon remords ce fut
La malheureuse qui resta
Sur le pavé
La victime raisonnable
À la robe déchirée
Au regard d'enfant perdue
Découronnée défigurée
Celle qui ressemble aux morts
Qui sont morts pour être aimés.

1946

Jacques s'intéressait autant à la politique qu'à son destin personnel. L'étonnante alliance entre les gaullistes et les communistes ne lui échappa pas. De Gaulle accepta que « le déserteur » Thorez revienne de Moscou lavé de tout reproche. Il avait besoin du secrétaire général du parti communiste, qui régla la facture. Thorez ne s'opposa pas à la dissolution des milices patriotiques, décrétée en Conseil des ministres le 28 octobre 1944, et avec elle toute perspective d'une prise de pouvoir révolutionnaire. À Staline qui lui vantait les qualités de l'exilé planqué, de Gaulle répondit : « *Le gouvernement français traite les Français d'après les services qu'il attend d'eux.* » Les services attendus – pas les services rendus. Jacques se dit que de Gaulle enterrait un peu vite les idéaux de la Résistance, réalisme oblige. Sciences Po lui avait appris l'essentiel sur le fonctionnement de l'État, de Gaulle le déniaisait sur celui de la politique.

Le 6 novembre, Thorez bénéficia d'une grâce présidentielle ; moins d'un an plus tard, un décret lui restitua la nationalité française, dont il avait été privé en février 1940. Un autre décret créa l'École nationale d'administration. Finis les concours spécifiques des « grands corps » garantissant l'autoreproduction des élites. Vengée l'humiliation de son père, reçu « bien qu'infirme ». Ouverte enfin la haute fonction publique sur la seule base du mérite. Et, chance, la réalisation de cet objectif d'intérêt général pourrait bien servir aussi son intérêt particulier. Servir : Jacques aimait ce verbe si souvent décrié. Pour nombre de Français, il renvoyait, consciemment ou non, au servage. Pour lui, il relevait d'un idéal altruiste. Serviteur de l'État, donc du pays, donc de ses concitoyens. Tout cela s'enchaînait pour lui d'un seul tenant. Il voulait se consacrer au service public. Cette nouvelle école, il y entrerait.

Jacques suivait les événements politiques jour après jour. Le 21 octobre 1945, les Français élurent leurs députés à la Constituante. Le parti communiste devint le premier parti de France avec plus de 26 % des suffrages et 159 députés, juste devant le MRP (Mouvement républicain populaire) démocrate-chrétien et la SFIO socialiste. Le 13 novembre, Thorez entra au gouvernement en charge de la Fonction publique. Il lui revenait donc de créer le nouveau statut des fonctionnaires, et aussi de mettre en œuvre la création de l'ENA. Il le fit avec Michel Debré, membre du Conseil d'État et fervent soutien du Général : le gaullo-communisme portait la nouvelle école sur les fonts baptismaux.

Jacques aurait été pleinement heureux, n'eût été la fin de son histoire avec Martine. Une collègue teigneuse les avait soupçonnés, suivis, dénoncés. L'administration ne pouvait accepter qu'une secrétaire ait une liaison avec un élève, plus jeune qu'elle de surcroît. L'école étouffa l'affaire, mais s'arrangea pour placer Martine à la faculté de droit de Strasbourg – typique de Sciences Po : intraitable et humaine, protestante en somme.

Ce concours de l'ENA avait été réservé aux résistants, ce qui ouvrait tout à coup à de très jeunes gens l'accès à la haute fonction publique. Pas de problème pour Jacques, qui avait reçu la médaille de la Résistance, celle des évadés volontaires et été fait chevalier de la Légion d'honneur à vingt et un ans. À l'ENA, il se lia d'emblée d'amitié avec Simon Nora, de trois ans son aîné, belle gueule, grande intelligence, et auréolé de glorieux faits de Résistance, dans le Jura, puis dans le Vercors. Autant Nora le séduisit sans restriction, autant Alain Peyrefitte, Roger de son vrai prénom qu'il abandonna pour ne pas être confondu avec l'écrivain, lui déplut aussitôt. Jusqu'à son physique l'exaspérait, ses oreilles décollées qui lui conféraient un rien d'éléphantesque et ce brin d'originalité qu'il croyait leur donner en les exhibant par sa coupe de cheveux. Jacques exécrait cette manière que Peyrefitte avait d'afficher sa supériorité supposée de normalien, tantôt explicitement en rappelant que, lui avait fait « l'École », tantôt implicitement par sa posture arrogante.

Les autres camarades de promo se distinguaient du précédent par une simplicité que n'avaient pas altérée leurs lauriers de héros. Paul Teitgen ne portait pas sa déportation en bandoulière. Ortoli, Corse de naissance, Tonkinois d'enfance, qui s'était battu en première ligne contre les Japonais à Hanoï, ne se vantait jamais de ses exploits exotiques. Même Yves Guéna restait modeste alors qu'il ne manquait pas de titres de gloire : embarqué à Ouessant sur un chalutier dès le 19 juin, il avait rejoint le Général à Londres.

À vingt ans, il avait participé à la bataille d'El-Alamein et, à peine majeur, avait été fait Compagnon de la Libération. Parmi leurs camarades, l'un se signalait par sa truculence et son rejet de toute forme d'autorité. Serge Groussard n'avait été sérieux que dans ses activités d'agent de la Résistance. Arrêté en 1943, il survécut à la déportation et n'eut dès lors d'autre projet que profiter de la vie. Il séchait tous les cours et ne se rendait rue des Saints-Pères qu'à la fin du mois pour toucher sa paie. La direction le menaçait donc d'expulsion. Il n'en avait cure, et les défiait en rigolant :

— *Allez-y, virez-moi. Je ferai un recours pour excès de pouvoir et le Conseil d'État vous désavouera.*

Et le petit homme au crâne rasé et aux grosses lunettes reprenait ses tournées de bar, ses dragues multiples et ses voyages. Sa Légion d'honneur à titre militaire le protégea de l'expulsion. Il fit donc le nécessaire pour ne pas intégrer l'Administration, fût-ce en ses sommets. Groussard truffa sa copie d'examen terminal de caricatures. La coupe était pleine. Un arrêté ministériel le déclara inapte à toute fonction publique. Quant à son ami Pierre Jules Marie Raoul Néraud Le Mouton de Boisdeffre, il consacra l'essentiel de sa scolarité à tenter de le protéger, si bien que, major de Sciences Po, il sortit de cette première et bientôt légendaire promotion de l'ENA dans un rang médiocre.

Ils n'étaient pas cent. Ils avaient à peine plus de vingt ans. Ils voulaient refaire la France, et que l'on refasse le monde. Presque tous étaient entrés dans la Résistance dès 1940.

Octobre 1945 avait été pour Jacques, Jean-Louis et leur génération le mois de tous les espoirs : la naissance des Nations unies, et le rêve d'une institution qui pourrait garantir la paix dans un monde où la grandeur de la France était reconnue par l'obtention d'un des cinq sièges permanents du Conseil de sécurité ; la création de l'ENA qui détruirait les castes des oligarques ; la conduite du pays par de Gaulle, réunissant alors toutes les forces politiques françaises, l'élection de la Constituante, qui allait mettre au monde une nouvelle République.

1946 fut pour eux l'année des premiers désenchantements. Elle commença par le départ du Général, qui, contrairement à ce que sa surprenante naïveté lui avait fait espérer, ne fut pas rappelé. Puis ce furent les bisbilles entre les trois grands partis, qui se prolongèrent par le rejet du premier projet de Constitution en avril, la petite adoption du second en octobre, et de Gaulle raillant une Constitution « *adoptée par 9 millions d'électeurs, refusée par 8, ignorée par 8* » et s'acheva par le début d'une guerre menée par la France contre le Viêt-minh.

Une République peu renouvelée, les divisions ressuscitées, l'émancipation des colonies refusée, rien de tout cela n'était de nature à les réjouir. Mais rien de tout cela n'était suffisant pour les décourager. La précédente génération avait largement failli. Pas eux, toute petite minorité qui, en quatre années, avait rallié l'immense majorité des Français. Les partis magouillaient et tergiversaient. Eux agiraient. Par au-dessus. Par le haut. Ils partaient à la conquête de l'État ou des sommets de la médecine. Rien ne les arrêterait. Ils gagneraient. Ils avaient libéré le pays, ils le reconstruiraient. Ils étaient les bâtisseurs de l'avenir.

1947

Colette avait aperçu Jean-Jacques une première fois à Megève, durant les vacances de Noël 1942. Elle y était venue pour faire du ski. Colette aimait skier presque autant que nager, y puisant une liberté analogue. Rien à voir avec les sports « contre », ceux à adversaires, que pratiquaient nombre de ses proches. Son père appréciait le golf, ses amis le tennis, ou, au lycée, le foot – autant d'activités de compétition. Non que Colette répugnât aux batailles physiques, mais elle ne les goûtait que contre elle-même. Et puis le ski, comme la natation, offrait cet avantage qu'il est possible de les pratiquer aussi bien seul qu'entre amis.

Ainsi est-ce sur une piste du mont Joux qu'elle fit la connaissance de Jean-Jacques Servan-Schreiber. Il faisait grand beau, et la neige tombée la veille au soir avait eu le temps de se consolider. Colette glissait avec rapidité et souplesse, traçant de grandes courbes sur la piste noire peu encombrée. Elle s'arrêtait parfois, un peu pour reprendre son souffle, surtout pour regarder le soleil qui scintillait sur la poudreuse du mont Joly. À peine était-elle repartie d'une de ces brèves haltes qu'un skieur lui rentra dedans, plus maladroitement que méchamment. Le bel homme s'excusa à peine, et fit aussitôt après reproche à Colette de lui avoir coupé la route.

— Vous avez un sacré toupet. Vous me rentrez dedans et c'est ma faute ! Vous ne connaissez pas la règle ?

— Priorité au skieur aval, je sais bien. Mais c'est votre beauté qui m'a perturbé.

— Après les reproches, la flatterie. Votre maladresse vous perdra.

— Je m'appelle Jean-Jacques Servan-Schreiber et je prépare Polytechnique.

— Je m'appelle Colette Rousselot et je prépare mon bac.

— Dînons ensemble. Je repars demain matin pour Grenoble.

— Et moi après-demain pour Paris où je vais fêter Noël en famille.

— Venez dans notre chalet, sur le mont d'Arbois, trois cents mètres après le téléphérique à droite. La cuisine est bonne, et vous ferez la connaissance de ma sœur Bernadette. Elle n'a que treize ans, mais c'est un ange.

— Je viendrai. Mais je veux me coucher tôt. À 22 heures, je pars.

Colette skia ensuite jusqu'à la fermeture des pistes. Revenue à son petit hôtel au pied du téléphérique, elle prit un chocolat chaud et une douche encore plus chaude. Elle s'habilla rapidement d'un simple pantalon de velours noir et d'un col roulé rouge, appela son père, avant de reprendre la lecture de Drieu. Elle arriva au chalet d'Émile Servan-Schreiber à 20 heures pile. Ce n'est pas lui, mais son épouse Denise qui ouvrit la porte. La mère de Jean-Jacques décortiqua Colette des pieds à la tête – au cas où… Colette eut la désagréable impression de passer un entretien d'embauche, mais la bonne surprise de franchir la première étape.

Durant le dîner, Jean-Jacques parla presque tout le temps. Sa mère partageait son regard entre l'adoration de son fils et l'inspection de Colette, qui répondait nonchalamment à la salve des questions de Jean-Jacques. Oui, elle savait ce qu'elle ferait plus tard, elle serait éditrice. Non, elle ne savait pas trop comment elle s'y prendrait pour le devenir, parce qu'elle n'aimait pas les études. Oui, elle suivrait son conseil et irait se former aux États-Unis. Non, elle n'utiliserait pas l'argent de son père pour fonder une maison d'édition, elle réussirait par elle-même.

Denise Servan-Schreiber sourit en apprenant que Colette était d'une famille riche. La petite Bernadette choisit ce moment pour intervenir :

— Moi, je n'ai que treize ans et je gagne ma vie.

— Comment donc ? lui demanda Colette, intriguée.

— Je travaille à La Bonbonnière.

— Et qu'est-ce que La Bonbonnière ?

Denise répondit :

— Nous avons une maison à Veulettes-sur-Mer, « la perle du pays de Caux ». Vous ne connaissez pas ? Nous y sommes très implantés et amis avec les Saint-Germain, venus d'Alsace. Ils tiennent le meilleur hôtel. Il n'est rempli qu'en pleine saison, l'été. L'hiver, les touristes ne viennent pas sur les côtes de la Manche. Émile, mon mari, a convaincu les Saint-Germain d'ouvrir une boutique à Megève. La Bonbonnière est devenue un gros succès.

— J'y décore des œufs, avec des Alsaciennes et des clowns, proclama Bernadette.

— Nous sommes très fiers de notre fille, dit Denise, qui voulait mettre un terme à son intrusion pour revenir vers son seul héros, Jean-Jacques.

— Dès que je serai reçu à Polytechnique, j'irai en Amérique faire une formation de pilote de chasse. Vous m'accompagnerez ?

— Nous verrons le moment venu, répliqua Colette du tac au tac sans se laisser décontenancer.

— Après, je rejoindrai Londres.

— Là, en tout cas, je vous laisserai, dit-elle en souriant.

Le culot de cette jeune fille sidérait Denise. Elle savait très bien que rien ne pouvait séduire plus son fils.

Colette ne revit Jean-Jacques qu'après la libération de Paris, deux ans plus tard. Il avait réussi à trouver son adresse et l'avait invitée au premier bal de Polytechnique qu'on lui avait demandé d'organiser à l'École militaire. Tous les convives y passèrent un moment merveilleux, car Jean-Jacques avait rapporté d'Amérique des disques de jazz. La soirée terminée, il accompagna Colette pour qu'elle ne rate pas le dernier métro. Devant la station, il l'embrassa. Son baiser avait un goût de mûre qui lui rappela Sanary. L'étreinte à peine achevée, il osa :

— Veux-tu m'épouser ? J'exige une réponse dans les vingt-quatre heures.

— Je n'épouserai jamais un homme qui exige une réponse dans les vingt-quatre heures.

Colette décida de ne pas aimer Jean-Jacques. Enfin, de bien l'aimer, mais de n'en point faire l'homme de sa vie.

Quinze jours plus tard, Jean-Jacques et sa discothèque avaient été requis pour organiser un nouveau bal. Il y fit inviter Colette avec sa petite sœur Bernadette, qui avait maintenant seize ans. La préparation de cette sortie ne fut pas une mince affaire. Heureusement, Colette pouvait compter sur Lotic, sa fidèle amie, qui se procura tulle et organdi, ainsi que couturière à bas prix. Elle dénicha aussi un soutien-gorge sans bretelles à la bonne taille. Une fois sûre de sa tenue, Lotic convainquit son amie de la laisser lui couper ses cheveux afin qu'ils soient très courts – à rebours de la mode.

— Les danseurs ne t'en repéreront que davantage. Ils se battront pour s'inscrire sur ton carnet de bal. Et ce soir, tu rencontreras l'heureux élu.

La fête était donnée par Mme Suzanne Gonse-Bors, présidente d'une association caritative, l'Asile des enfants de France, qu'il fallait relancer. Elle recevait chez elle, dans son hôtel particulier du 14, rue Saint-Guillaume. Les jeunes et belles femmes se bousculaient : Christiane Laroche, dont la mère avait divorcé pour épouser un moniteur de ski rencontré à Megève, Marie-Pierre de Brissac, fille du duc de Cossé-Brissac, Christiane, Brigitte et Bernadette Servan-Schreiber, Monique Duhamel. Et à toutes ces beautés, il était recommandé de venir avec un ou deux danseurs. Micou choisit évidemment Jacques et Jean-Louis.

Le trio s'amusa des rencontres imprévues. Jean-Claude Servan-Schreiber, le cousin de Jean-Jacques, entreprenait Christiane Laroche. Simon Nora partait à l'assaut de Marie-Pierre de Brissac. Jean-Louis restait avec Micou. Jacques semblait parfois perdu dans ses rêves. Il repensait à Martine, son premier amour, l'amour de la rue Saint-Guillaume…

Il finit par danser un peu, mangea beaucoup, but ce qu'il fallait. À minuit moins le quart, Jean-Louis donna le signal du départ. Jacques allait obtempérer, lorsqu'il aperçut Colette :

— Je ne peux pas partir. Je viens de voir les plus belles épaules de Paris.

Ils s'aimèrent d'emblée. Daddy, le père de Colette, l'emmena voyager en Amérique latine. Un peu pour voir si elle l'oublierait, beaucoup pour vérifier qu'il ne s'agissait pas, pour Jacques, d'une passade. Ils ne s'oublièrent en rien et décidèrent de se marier.

Côté Duhamel, Hélène se réjouissait de voir son fils aussi heureux. Micou fut nettement moins enthousiaste. Non qu'elle ait quoi que ce soit contre Colette en particulier. Elle avait plutôt tout contre les femmes en général, et spécialement tout contre toute femme de son frère qui, par définition, lui enlevait son jumeau. Jean-Louis contribua à ce qu'elle garde ses objections pour elle. Il adorait Jacques, elle aimait Jean-Louis, elle n'allait pas contrer à la fois son frère et son amoureux. Elle cacha donc ses réticences, et Jacques décida de ne pas les voir. Quant à Colette, elle avait une telle capacité à ne pas regarder ce qui pouvait être déplaisant qu'elle ne perçut rien. Elle déborda donc de gentillesse à l'égard de sa belle-sœur. De toute façon, pour elle, l'essentiel résidait ailleurs. Son père et sa mère accueillaient Jacques à bras ouverts. Rien ne pouvait davantage la combler. Son Daddy ne marqua pas une once de jalousie. Son affection pour Jacques était sincère, même si, par ailleurs, cette entrée d'un incontestable résistant dans la famille l'arrangeait. Il ne s'était certes pas compromis dans la collaboration, mais son entreprise avait continué son activité durant l'Occupation. En ces temps d'épuration, cela pouvait suffire à déclencher les foudres des résistants les plus durs, ou les plus tardifs – souvent les mêmes.

Simon Nora voulut, lui aussi, se marier. Les Duhamel, les Funck-Brentano, les Nora et les Rousselot appartenaient finalement au même monde, celui de la bourgeoisie humaniste, qu'elle soit universitaire ou politique, médicale ou entrepreneuriale. Rien de tel chez les Cossé-Brissac dont Simon cherchait à épouser la fille. Le père du prétendant, le docteur Nora, rendit donc visite au père de la désirée. Simon Charles Timoléon Pierre de Cossé venait de succéder à son père, mort en 1944, devenant ainsi le douzième duc de Brissac. Il reçut le médecin, roturier, juif, dans son hôtel particulier du cours la Reine.

— Puisqu'ils l'ont décidé, lui dit le docteur Nora, sur un ton plus désabusé qu'approbateur.

— Venez que je vous montre, lui rétorqua le duc.

Il l'entraîna dans une galerie adjacente au salon. S'y alignaient tous les portraits des ducs, de Charles II de Cossé, qui reçut la duché-pairie de Brissac en 1611, par lettres patentes de Louis XIII, à Anne Marie Timoléon François de Cossé, son père. Tous ou presque comptaient Timoléon dans leurs multiples prénoms. Une fois que son hôte eut bien contemplé les douze portraits, le duc se tourna vers le docteur :

— Voyez-vous, docteur, je ne sens pas la tête de votre fils là. Il ne passerait pas la rampe.

Le duc enferma sa fille dans un sanatorium. Qu'à cela ne tienne, Simon l'enleva. L'amoureux se rendit avec sa dulcinée à Méaudre, dans ce Vercors qu'il connaissait bien. Il fit aussitôt publier les bans, pour se marier au plus vite, le lendemain des dix jours légalement imposés. Le duc engagea un détective privé à Grenoble. Il retrouva la trace des fugitifs et écrivit aussitôt une lettre au maire de Méaudre lui interdisant de célébrer d'aussi inacceptables noces. La lettre n'arriva que le lendemain de la cérémonie…

Jacques à peine revenu de Méaudre, où il avait été l'un des témoins de ce mariage quasi clandestin, alla officiellement demander la main de Colette à son père, Georges Rousselot. Ce dernier la lui accorda sans hésiter et déclara :

— Il faut organiser une belle et grande fête. Je vais y veiller.

— Nous partagerons les frais, comme il se doit, lui répondit son bientôt gendre.

— Certainement pas, votre mère a déjà assez de difficultés financières comme cela.

— C'est une question de principe.

— Ne placez pas vos principes à tout bout de champ, jeune homme, sinon vous allez vite lasser ma Colette.

Jacques feignit d'acquiescer. Il n'avait pourtant pas dit son dernier mot. Le lendemain, il déjeuna avec Jean-Louis pour préparer sa riposte. Ils se retrouvèrent Chez Pierre, le bistrot près de l'hôpital Necker que son ami affectionnait particulièrement. Jacques, pressé mais conscient qu'il ne fallait pas parler de quoi que ce soit avant le premier plat, attendit que les escargots au beurre d'ail soient servis et il attaqua :

— Tu comptes toujours épouser Micou ?

— Plus que jamais.

— Et vous comptez vous marier quand ?

— Dès que j'aurai réussi mon internat. En juin, si tout va bien.

— J'ai une proposition à te faire.

— Je t'écoute.

— Marions-nous en même temps.

— Excellente idée. Micou va adorer. Elle aura un peu l'impression de t'épouser.

1951

Colette avait accouché de Marie le 2 mai 1950. Elle accoucha donc de son troisième enfant le 2 mai 1951. Elle avait exigé une piqûre à cette fin. Colette détestait que quiconque décide à sa place.

Stéphane éblouit rapidement ses parents par la clarté du bleu de ses yeux. Marie n'avait qu'un an, mais elle se réjouissait déjà d'avoir un autre frère. À peine Colette fut-elle revenue de l'Hôpital américain que Marie babillait à côté du berceau de son petit frère. Mieux, elle fit ses premiers pas le jour même où sa mère et Stéphane regagnèrent la maison.

Depuis qu'Edgar Faure participait à tous les gouvernements, et Jacques à tous ses cabinets, Colette passait le mois de juillet à Sanary sans son mari. Elle n'aimait guère biberonner et profitait bien du fait qu'elle n'avait pas de lait. De toute façon, Zelle s'occupait parfaitement des quatre petits, Thierry, le fils de Micou et Jean-Louis, Jérôme, Marie et le nouveau-né Duhamel, Stéphane. Zelle était la fille d'un émigré russe, arrivé avec elle en France deux ans après la révolution d'Octobre. Sa mère était morte en couches, lors de la révolution manquée de 1905. Olga Boundass ne s'était jamais mariée, et était demeurée demoi… Zelle. Micou se partageait entre ses cinq heures de piano par jour et les bains de soleil nue, avec Colette, sur le balcon dont le muret les mettait à l'abri des regards. Les deux belles-sœurs descendaient tous les matins à la mer avec les trois « grands ». Colette se faisait fort de leur apprendre à nager, y compris à Marie, qui n'avait que quinze mois. Heureusement, Micou était là pour leur éviter les coups de soleil sur la tête.

Jacques et Jean-Louis les rejoignirent comme d'habitude le 1er août. Ils descendaient en même temps, partageant un wagon-lit du Train bleu qui avait la bonne idée de s'arrêter en gare de Bandol. Jacques détestait dépenser de l'argent inutilement, Jean-Louis détestait faire des économies sur la nourriture. Ils avaient tiré de la guerre des leçons totalement opposées. Les privations avaient convaincu Jacques que l'on devait se contenter de peu, et Jean-Louis qu'il fallait se régaler tant que l'on pouvait. Cette différence radicale ne provoquait aucun conflit entre eux. Ils en riaient, et trouvaient sans difficulté des accommodements. Ainsi, les 31 juillet, ils descendraient toujours en wagon-lit et non en couchettes de seconde. Et Jacques, contrairement à ses habitudes, n'arriverait pas à la gare au dernier moment, mais une bonne heure avant pour se laisser inviter au restaurant Le Train bleu où l'on mangeait fort bien.

Les deux compères adoraient ces vacances sanaryennes. Jean-Louis passait des heures à lire sous le pin parasol. Le matin, une demi-heure pour *Le Figaro*, une bonne heure pour *Le Monde.* Au moment du pastis, lorsque Jacques revenait de la plage, il lui indiquait sa sélection d'articles. L'après-midi, après la sieste, le docteur dévorait des essais. Le conseiller ministériel préférait les romans policiers. Vers 17 heures, Jacques descendait au Valroy Tennis Club. Il retrouvait sa partenaire, Hélène Van Gaver, et disputait des doubles acharnés avec les Dubout, l'assureur marseillais et sa femme. Jean-Louis ne pouvait pas jouer à cause de son pied manquant, mais il aimait le rejoindre une heure plus tard pour assister aux derniers jeux du match, souvent très disputés. Jacques détestait perdre, ou, plus exactement, adorait gagner. Lorsqu'il perdait, il sortait du cours en rageant, mais deux minutes après, c'était oublié. Tandis que lorsqu'il gagnait, il pouvait reparler du match deux heures après… Jean-Louis aimait cet acharnement sur la balle – cet acharnement en tout…

Les vacances devaient durer trois bonnes semaines. Elles furent interrompues pour Jacques au bout d'une dizaine de jours. Le gouvernement Queuille avait été renversé le 11 août, Pleven lui avait succédé sans attendre, et réussit sans mal à convaincre Edgar de troquer le Budget contre la Justice, ministère prestigieux s'il en fut :

— *Tu n'as pas quarante-trois ans, tu es juriste de formation, avocat de carrière, tu ne peux pas refuser la pourpre de D'Aguesseau et de Lamoignon !*

Edgar, toujours disposé à attester sa culture historique et à croustiller une anecdote, lui répondit :

— *On peut aussi parler de D'Argenson. Il tenait tellement à ses sceaux qu'il les prenait avec lui quand il allait voir sa maîtresse, une religieuse des Ursulines, et il les gardait près de lui quand il dormait.*

Jacques avait donc dû rentrer. Ce changement de ministère lui plut. Servir Edgar et la France près de deux années aux Finances, puis au Budget, l'avait certes passionné, en ces années cruciales où ils remettaient le pays sur pied. Changer de ministère régalien s'apparentait cependant à l'ouverture d'une nouvelle fenêtre du pouvoir, avec vue inédite sur la place Vendôme les jours froids, et un peu d'air les autres. Son ministre se préoccupait principalement de la condition matérielle des magistrats, sans commune mesure avec celle des avocats, ni avec celle des préfets et des recteurs qui bénéficiaient, eux, d'appartements de fonction. Il obtint pour les juges une revalorisation indiciaire, ce qui le rendit populaire. L'autre grand dossier du nouveau garde des Sceaux passionnait davantage son jeune conseiller. Edgar Faure ne voulait rien de moins que révolutionner les idées et les pratiques en matière de prison. Il pensait que l'incarcération devait être réservée aux délinquants et criminels violents, de nouvelles formes de punitions devant être inventées pour les autres. Jacques n'avait oublié ni ses trois mois à Fresnes ni les idéaux de la Résistance.

Au nom de ces derniers, il fut conduit à s'opposer à Edgar, pour la première fois depuis qu'ils travaillaient ensemble.

À la mi-octobre, Edgar reçut la visite de son ami Jean Anouilh. Il n'en connaissait pas l'objet, mais on ne refuse pas un rendez-vous à un grand dramaturge, encore moins lorsqu'il est de vos amis.

— Edgar, je suis venu te voir pour Maurras. Il est vieux, malade, et devrait mourir dans les mois qui viennent. Ce serait humain de l'autoriser à finir ses jours chez lui.

— Mais je vais me mettre les communistes, et bon nombre de socialistes, à dos ! Sans compter tous ceux qui tardèrent à devenir résistants et sont désormais les plus intransigeants.

— Tu te grandirais en les méprisant.

— Je me rapetisserais si je bravais l'opinion.

— Elle est devenue plus clémente.

— Alors je peux l'être aussi. De toute façon, ce n'est pas moi qui décide, mais le Président, Vincent Auriol. Et il est socialiste.

— Ton avis comptera.

— Je le donnerai. Dans le sens que tu souhaites. Et tu écriras une pièce dont je serai un des héros.

— Décidément, tu ne donnes rien pour rien.

— Je blaguais.

Jacques ne trouvait rien de tout cela très drôle. Il ne partageait pas cette compassion, se souvenant que nombre de jeunes miliciens avaient été exécutés à la Libération pour bien moins que cela. Il se remémorait particulièrement le sort de l'un d'entre eux, sauvé *in extremis* par le juge Petrucci, celui-là même pour lequel il avait rédigé le tract à l'origine de son emprisonnement, ce juge honorable entre tous parce qu'il avait refusé, durant l'Occupation, de siéger dans les sections spéciales. Nommé à la tête d'une cour d'épuration, le juge Petrucci fut ulcéré de la condamnation à mort, début 1945, d'un gamin de dix-huit ans qui, certes, s'était engagé dans la Milice, mais n'avait pas de sang sur les mains. Il refusa de signer l'arrêt de condamnation. L'avocat de la défense vint le voir dans son bureau pour lui signaler son erreur afin qu'il la réparât, sans quoi le jugement serait nul.

— Maître, j'ai fait mon devoir, faites le vôtre, lui répondit le président de la cour.

L'avocat déposa du coup un recours en cassation et le gagna. Le jeune milicien fut rejugé – et condamné à seulement quelques années de prison. Et l'on osa radier le juge Petrucci…

Jacques s'était lié d'amitié avec un avocat de gauche qui venait de quitter la politique. Georges Izard avait été, avant guerre, un des fondateurs de la revue *Esprit*, puis un député du Front populaire. Un dimanche, Jacques lui rendit visite pour partager son opposition à la grâce de Maurras. Georges Izard l'encouragea, exhumant le pire des écrits de Maurras. Contre son ami, Léon Blum, dans *L'Action française* le 9 avril 1935 :

C'est un monstre de la République démocratique. C'est un hircocerf de la dialectique heimatlos. *Détritus humain à traiter comme tel...* […] *C'est un homme à fusiller, mais dans le dos.*

L'appel au meurtre réitéré en février 1936 :

Le jour où sa politique nous aura amené la guerre impie qu'il rêve contre nos compagnons d'armes italiens. Ce jour-là, il ne faudra pas le manquer.

Et le 28 septembre 1938, toujours dans *L'Action française* à propos des accords de Munich, en s'inspirant de *L'Internationale* :

S'ils s'obstinent, ces cannibales,
À faire de nous des héros,
Il faut que nos premières balles
Soient pour Mandel, Blum et Reynaud.

Quant à l'attitude de Maurras pendant l'Occupation, Jacques ne l'avait pas oubliée. Bien que Maurras, nationaliste, fût de tout temps anti-allemand, Maurras, monarchiste, se réjouissait de voir la République à terre. Il qualifiait les résistants de terroristes, appelait à la mise à mort des gaullistes emprisonnés, et, lorsqu'ils n'étaient pas pris, à « *se saisir des membres de leur famille comme otages et exécuter ceux-ci* ». Georges Izard allait lui citer une dernière pièce d'accusation. Jacques le devança.

— Tu sais que je suis très ami avec Roger Stéphane. Nous nous sommes rencontrés à la Libération, après qu'il eut participé à la prise de l'Hôtel de Ville. Enfin, très ami, pas autant qu'il le souhaiterait. Lors de la libération de Paris, nous nous sommes retrouvés à l'hôtel Claridge, facilement repris aux Allemands qui ont déguerpi dès notre arrivée. Roger Stéphane m'a entraîné dans une chambre, au prétexte de vérifier qu'aucun officier ennemi n'y était resté. Il a fermé la porte à clef et s'est avancé pour m'embrasser. Je l'ai aussitôt repoussé, assez violemment, avant de filer. Le lendemain il m'a envoyé des roses pour s'excuser.

— Le galant homme.

— Ce salaud de Maurras a lancé la chasse aux Worms. Or Worms, c'est le vrai nom de Roger, Stéphane n'est que son nom de guerre.

Et Jacques de citer l'article du 2 février 1944 dans lequel Maurras demandait de traquer Roger Worms et sa famille afin d'appliquer « *aux violences de paroles et d'attitudes dont se rendent coupables les hordes juives le talion* ». Quatre jours après, le père de Roger Worms fut assassiné par des miliciens.

Dès son retour à Paris, Jacques écrivit à son ministre :

Vous avez émis hier soir, un avis favorable à l'octroi d'une grâce médicale à Charles Maurras. Les motifs qui vous y ont conduit ont été d'ordre humanitaire. C'est à votre honneur.
J'aurais pourtant souhaité, vous le savez, qu'une telle décision n'intervînt pas.
Il me paraît en effet très souhaitable que toutes les mesures possibles soient prises – et non seulement pour les vieillards, les malades ou les infirmes – afin de rendre le plus supportable possible l'exécution des peines de prison.
Les conditions dans lesquelles Charles Maurras se trouve actuellement n'ont, d'après les rapports qui vous ont été soumis, rien d'inhumain ni de choquant. Beaucoup de vieillards, qui n'ont jamais été l'objet d'une condamnation à mort ou à perpétuité, viennent finir leurs jours dans des hôpitaux semblables à celui où est soigné Charles Maurras. Ainsi, la mesure de grâce, qui, avec votre accord, risque d'intervenir, prendra-t-elle, inévitablement, le caractère d'une décision de réhabilitation que vous ne vouliez certainement pas lui conférer ; et cela d'autant plus que l'intéressé n'a jamais sollicité sa grâce, ni fait présenter un recours en ce sens, par son neveu ou par son avocat. Il a, tout au contraire, tenu à préciser que sa seule demande tendait à une absolution, les torts étant reconnus par ses accusateurs. Il réclamait, en outre « la peau de M. de Menthon » – ce qui pose d'ailleurs un problème de correction vis-à-vis de votre prédécesseur, qu'il appartient, il est vrai, à vous seul d'apprécier. La spontanéité

de votre geste ne disparaît en tout cas nullement, du fait des rapports médicaux qui figurent au dossier, comme cela peut l'être pour le directeur de l'Administration pénitentiaire.
Votre poste étant par définition politique, c'est sous cet angle que votre avis doit être émis, c'est sous cet angle qu'il sera apprécié.
Or Charles Maurras m'apparaît avoir commis le pire des crimes : le crime contre l'esprit (ce qui n'est pas le délit d'opinion, car vous savez à cet égard mon libéralisme absolu), et avoir perpétré ce crime sous toutes ses formes (allant de l'inspiration philosophique d'un régime de trahison jusqu'à la dénonciation pure et simple de Français qui, par sa faute, ne moururent ni à l'hôpital ni à quatre-vingt-trois ans, mais fusillés et quelquefois à seize ans). Vous comprendrez alors les raisons pour lesquelles je ne puis demeurer à votre cabinet, même en qualité de conseiller technique. Ce titre pourrait laisser croire, sans doute, que s'agissant d'une décision politique, celle-ci ne nécessitait nullement mon avis – et cela est vrai – et que par suite elle n'engage que vous-même – et cela est faux. Mon silence vaudrait approbation. Mon départ sera mon cri.
Mon cher Edgar, ce départ me pèse plus qu'il n'est exprimable. Trois ans, ou presque, d'une collaboration quotidienne et intime m'ont permis de connaître et d'admirer non seulement votre talent, qui souffre peut-être de trop de dons, votre charme qu'aiguise une intelligence, je crois bien, sans limites, mais encore votre sensibilité, qui, pour être moins apparente, n'en est pas moins

vive. Une amitié est née entre nous. J'ai loyalement cherché toutes les occasions de vous la manifester. Je crois, aujourd'hui, quoi que vous puissiez en penser sur le moment, vous la témoigner encore, en ne laissant autour de vous, sur un plan professionnel, que des hommes susceptibles d'approuver votre politique. Il me serait atrocement pénible, mais à vrai dire, il est pour moi inconcevable, que sur le plan de l'amitié, nous ne continuions pas à nous rencontrer.
À cet égard, je reste donc fidèlement vôtre.

Edgar Faure reprit son avis au président de la République et plaça le dossier dans un placard. Il demanda une instruction complémentaire pour faire traîner. Deux mois plus tard, le gouvernement Pleven fut renversé. Jacques et Edgar pouvaient continuer à travailler ensemble.

En attendant, les tâches gouvernementales s'allégèrent lors de la trêve des confiseurs. La tribu en profita pour passer Noël à Sanary. L'humeur rivalisait de bleu avec le soleil. Micou était à nouveau enceinte, et tout semblait bien se passer. Jacques débordait d'élans envers Colette. À peine neuf mois après, elle accoucherait de son quatrième enfant. Jean-Louis avait intégré l'équipe de Jean Hamburger à l'hôpital Necker, et ils commençaient à se lancer dans la grande aventure du rein artificiel et des greffes. Jean-Louis confia à son beau-frère qu'ils pensaient effectuer dans l'année qui venait la première transplantation rénale en France.

Jacques était heureux. Il avait le sentiment de contribuer au redressement économique et social du pays.

Sachant combien Edgar l'appréciait, il ne doutait pas que de grandes tâches l'attendaient encore. Jean-Louis était heureux. Hamburger était en train d'en faire son premier disciple. Et il ne doutait pas que la néphrologie connaîtrait d'immenses progrès dans les décennies à venir. Colette était heureuse, parce que le bonheur de son mari rejaillissait sur elle, et parce qu'elle avait le sentiment de le retrouver après avoir craint de le perdre. Même Micou paraissait connaître une suspension de sa mélancolie et délaissait l'*andante* du concerto de Bach pour des sonates enjouées de Mozart. À eux quatre, ils avaient à peine plus d'un siècle. Et le pire du XXe siècle était derrière eux, le meilleur s'avançait. Chacun, à sa manière et en son domaine, y contribuait.

1952

Jacques n'arrivait pas à s'y habituer : la IVe République cultivait les variations les plus absurdes du parlementarisme. Les Français le supportaient, parce que leur sort s'améliorait. Pas lui, qui y voyait un affaiblissement de l'action publique. Le 3 janvier 1952, le gouvernement Pleven survécut de justesse au vote d'un texte sur la SNCF. Il prévoyait que le gouvernement puisse réformer les transports ferroviaires par décret, tout en précisant, afin de lever toute crainte qui aurait fait tomber le gouvernement, qu'il ne saurait être touché au régime spécial de retraite des agents – le seul point important dans le texte initial ! Quatre jours plus tard, la majorité constitutionnelle requise afin que le gouvernement survive fit défaut. Et sur quel texte décisif ? Sur un projet de loi prévoyant que le gouvernement déposerait dans les quatre mois un projet de réforme. Une loi pour dire que l'on fera une loi… Et le gouvernement qui tombait pour cela !

Commença alors le manège des consultations élyséennes, le seul vrai pouvoir du président de la République étant de proposer à l'Assemblée un nom pour diriger le gouvernement. Vincent Auriol consulta d'abord le socialiste Christian Pineau – et non le chef du parti, Guy Mollet. Pineau renonça. Suivit Jacques Soustelle, jusqu'à il y a peu secrétaire général du RPF, le mouvement créé en 1947 par de Gaulle, lequel fit aussitôt comprendre qu'il était exclu de rallier le régime des partis. Vint alors le grand homme de la droite modérée, Paul Reynaud, lequel expliqua au chef de l'État qu'il fallait faire l'union nationale, mais que le moment ne s'y prêtait pas. Arriva donc le tour de la quatrième famille, la démocrate-chrétienne, avec Georges Bidault, déjà stimulé par la coupe de champagne qu'il buvait chaque matin dès son réveil ; le vin qui suivit ne suffit pas pour construire un ministère. Ne restaient plus que les radicaux, mais qui choisir ? Auriol évita Henri Queuille, qui s'en vexa, lui préférant le président du groupe, Yvon Delbos, lequel jeta l'éponge en une matinée. Et voilà qu'au lieu de reprendre le manège dans l'ordre le président Auriol décida de faire venir son garde des Sceaux, cet Edgar Faure qu'il avait plaisir à rencontrer chaque semaine au Conseil supérieur de la magistrature.

— *Je ne vous demande pas une réponse tout de suite. Voilà ce que je vous suggère. Vous êtes rompu aux Finances. Vous avez l'habitude de traiter les problèmes sérieusement et méthodiquement. Vous allez consacrer votre samedi et votre dimanche, voire votre lundi, à consulter toutes sortes de personnes compétentes. Vous vous ferez une idée de la situation et des moyens de la débloquer. Alors vous reviendrez me voir, et nous parlerons.*

— *Je le ferai, monsieur le Président, non sans savoir que vous m'appelez comme syndic d'une faillite qui n'a pas été déclarée.*

De son bureau au ministère de la Justice, situé dans l'antichambre, Jacques suivait les allées et venues des politiciens qu'Edgar consultait afin de fabriquer un Lego qui eût quelque chance de ne pas s'effondrer à peine achevé. À vingt-sept ans seulement, il avait déjà beaucoup appris, et classait sans difficulté les visiteurs en deux grandes catégories et un résidu : ceux qui s'opposeraient tout de suite, même s'ils prétendaient le contraire, ceux qui soutiendraient un temps, moyennant un poste ministériel, et une poignée, ceux sur lesquels on pouvait vraiment compter. Parmi ces derniers, Jacques se réjouissait de voir Pierre Mendès France. Ce dernier ne voulait pas entrer au gouvernement, mais promit ses conseils et accepta la présidence d'une commission pour établir les comptes de la nation – signe d'un soutien désintéressé mais réel. Pour le reste, le but était clair : que les trois groupes combinés permettent de rallier 313 députés afin que puisse commencer une aventure qui durerait ce qu'elle durerait. Edgar consultait, Jacques commençait à lui préparer son discours d'investiture. À la fin du deuxième jour des allées et venues, au moment de rentrer enfin chez eux, Jacques accompagna Edgar à sa voiture.

— J'ai une citation pour vous : « *Rien n'est plus facile pour un homme dans une certaine place que d'éblouir par un grand projet. Ce ne sont pas les moyens qui doivent être brillants, c'est la fin. La vraie politique est d'y parvenir par des routes obscures.* »

— Épatant. Je m'en servirai pour répliquer aux grandes envolées gaullistes ou communistes. Et c'est de qui ?

— De Montaigne.

— Idéal.

À minuit, Jacques était enfin rentré chez lui. Colette dormait. À 7 heures, il repartit. Colette dormait toujours.

Après trois jours d'intenses consultations, Edgar Faure trouva la clef lui ouvrant la porte de Matignon.

— Mon cher Jacques, ça y est. Nous allons enfin pouvoir diriger le gouvernement. Et grâce à qui ? À Guy Mollet.

— Vous faites affaire avec cet apparatchik marxisant ?

— Marxisant ? Comme vous y allez ! Et ne le jugez pas comme le font trop vite les intellectuels de gauche bien-pensants. Guy Mollet possède une force politique rare. Il a quand même réussi à prendre la tête des socialistes contre le très estimé Daniel Mayer, et, à travers lui, le si estimable, le vénérable, l'intouchable Léon Blum.

— Et vous y voyez un motif d'admiration ?

— De son talent politique, absolument.

— Pourquoi vous apporte-t-il le soutien des socialistes ?

— Parce qu'il est révolutionnaire et anticommuniste.

— Encore une de vos admirables constructions dialectiques, cher Edgar.

— Pas seulement, mon ami. Pas seulement. Mollet a pris le parti socialiste par la gauche. Mais il y croit. Donc il ne veut pas l'abîmer dans l'exercice du pouvoir, les socialistes ne participeront pas au gouvernement. D'un autre côté, il déteste les communistes, ce qui l'amène à vouloir préserver la Troisième Force, l'alliance MRP-radicaux-socialistes, contre la pression gaulliste à droite, le risque communiste à gauche. Donc les socialistes me soutiendront.

— Au-delà de ces stratégies, je sens chez vous un attachement à l'homme.

— Vous avez raison. J'aime chez Guy Mollet sa distinction quasi britannique, ses costumes fort bien taillés, ses foulards de soie, ses lunettes en écaille naturelle, jusqu'à ses Navy Cut fixées dans un fume-cigarette.

— Et vous me gardez alors que je fume des Celtiques.

— Ce n'est en effet pas ce que vous avez de mieux. Mais il vous faut bien quelques défauts…

Le 20 janvier 1952, Edgar Faure reçut la confiance de 401 députés. Jacques éprouva un sentiment étrange : le même jour, eurent lieu les funérailles nationales du général de Lattre de Tassigny, fait maréchal à l'instant de sa mort. Le « roi Jean » avait été choisi par de Gaulle pour participer à la signature de la capitulation allemande, le 8 mai 1945. Et le voici qui mourait un autre jour historique, pas pour la France, certes, mais dans sa vie à lui, puisqu'à vingt-sept ans il allait participer au pouvoir suprême.

Au début, Colette se réjouit pour Jacques. Assez rapidement, elle s'inquiéta pour elle, pour eux deux. Elle avait certes quelque idée de la vie de cabinet, mais n'avait pas soupçonné à quel point celle de Matignon serait encore plus infernale. Plus guère de soirées, de dîners en tout cas, puisque son époux ne revenait, au mieux, que vers 11 heures du soir. Presque plus de week-ends : même lorsque Edgar partait rejoindre ses électeurs dans le Jura, Jacques était, au moins une fois sur deux, de garde. Le moindre événement remontait à Matignon : un préavis de grève à la RATP, une manifestation agricole, un ministre qui s'estimait maltraité à la radio, un député exigeant une subvention pour continuer de voter en faveur du gouvernement, un ambassadeur surpris ivre en pleine nuit.

En plus du tout-venant, et nettement plus grave, la situation se détériorait sérieusement en Tunisie. Edgar Faure prit ses fonctions de président du Conseil le 21 janvier 1952. Dès son arrivée à l'hôtel Matignon, Jacques, qu'il avait nommé directeur adjoint du cabinet, vint lui faire rapport.

— Comme vous le savez, un nouveau résident général vient d'y être nommé, sans qu'on ait trop réfléchi à ses opinions, marquées au fer d'un colonialisme pur et dur. Jean de Hauteclocque a débarqué à Tunis le 13 janvier à bord d'un navire de guerre et s'est fait accueillir par des soldats au garde-à-vous. Aussitôt installé, il a exigé du Bey le renvoi du Premier ministre tunisien Chenik. Ainsi, en à peine quarante-huit heures, il a réussi à annuler les efforts faits depuis des mois pour une évolution en douceur des relations entre la France et son protectorat.

— Je me souviens très bien, tant elle m'avait surpris, de la déclaration de Robert Schuman, le 10 juin dernier. Il a promis de « *conduire la Tunisie vers le plein épanouissement de ses richesses et de l'amener vers l'indépendance* ».

— Hauteclocque ne s'est pas contenté d'arriver sur le mode de la diplomatie de la canonnière. Il vient d'interdire le congrès du parti de Bourguiba, le Néo-Destour, et de placer ses dirigeants en résidence surveillée – pour prévenir des troubles, dit-il.

— Comment un homme aussi fin peut-il être aussi crétin. Les troubles, il les provoque !

— Exactement. Des manifestations non autorisées ont lieu en ce moment même à Tunis.

— Suivez les choses heure par heure et tenez-moi au courant. Il faut trouver un moyen pour désamorcer tout cela, sinon cela va finir en guerre civile.

Le lendemain, un colonel dénommé Durand se fit tuer à Sousse, achevé à coups de matraque après avoir reçu deux coups de feu. Et le jour suivant, trois gendarmes furent assassinés à Moknine. Pour arrêter l'incendie, Edgar Faure adopta une ligne précise et n'en démordit pas : refus des deux positions extrêmes, « *celle de l'abandon et celle du coup de poing sur la table* », autonomie interne pour la Tunisie, avec maintien de la présence française. Jacques l'approuvait pleinement tout en suggérant d'aller plus loin. Il sourit lorsque Edgar lui souligna quel était son principal atout : « *La force d'une conviction véritable, qui impressionne toujours.* »

— Je dois être un des rares à n'en point douter. Mais vous avez un tel talent dans l'expression, et un tel pragmatisme dans l'action, que l'on vous croit dénué de toute conviction. Et votre humour n'arrange rien.

— En l'espèce, peu m'importe ce que les uns et les autres pensent, pourvu qu'ils me suivent. Quant à vous, Jacques, je vous envoie à Tunis avec pour mission de calmer Hauteclocque en lui remettant ma note à l'intention du Bey. Vous le laisserez la lui transmettre, cela évitera de le vexer et lui fera néanmoins comprendre qu'il n'y a plus de place pour la politique de la canonnière. Le ministère des Affaires étrangères souhaite que Jean Laloy vous accompagne. J'ai accepté, car il a de grands talents. Et cela montrera que nous parlons d'une seule voix.

Jean de Hauteclocque était loyal mais rude, et fier de l'être. Au moment de sa nomination par le président de la République, Vincent Auriol, il lui avait déclaré : « *Jusqu'ici, nous avons bandé mou, maintenant il nous faut bander dur.* » Rude fut donc la rencontre avec les envoyés du chef du gouvernement. Laloy ne l'impressionnait pas, Duhamel l'énervait :

— Si c'est ma place que vous voulez, vous pouvez la prendre.

Jacques faillit répondre : « Pour rien au monde je ne vous céderais la mienne. » Malgré son jeune âge et sa fougue, il sut s'en garder.

— Je serais bien incapable d'assurer votre fonction.

Par loyalisme, le résident suivit les consignes d'Edgar Faure. Par atavisme, il fit régner l'ordre très brutalement. Il ordonna l'opération dite « ratissage du cap Bon » : matraquages, pillages, exécutions sommaires… trente morts selon les Tunisiens, cinq selon les Français. Duhamel et Laloy regagnèrent Paris en urgence. Ils s'accordèrent aisément avec leur chef pour tenter de régler la crise par le haut en cherchant à s'accorder avec Bourguiba, leader reconnu et raisonnable du nationalisme tunisien. Edgar Faure voulut cependant aller plus loin, penser plus large.

— Il ne suffit pas de proposer l'autonomie interne. Une fois acquise sur une telle base, la pression se fera pour l'élargir, puis l'élargir encore. Jusqu'à l'indépendance. Il ne faut pas s'attacher à retenir la domination morceau par morceau, mais tenter de créer quelque chose de nouveau. Et valable pas seulement pour la Tunisie. Je vais demander à François Mitterrand, ministre d'État sans attribution, d'y réfléchir. Jacques, vous vous joindrez à lui.

Le ministre et le directeur adjoint du cabinet passèrent le week-end suivant au domicile du premier, 4, rue Guynemer. La vue sur le jardin du Luxembourg les stimulait.

— Vois-tu, Jacques, à l'hiver de la colonisation, il faut imaginer un nouveau printemps. J'ai trouvé le bourgeon : la nationalité. En la dédoublant, l'arbre tunisien pourrait grandir sans que l'arbre français meure.

Mitterrand, qui adorait les arbres, aimait cette métaphore. Jacques, qui aimait les solutions, la jugeait intéressante. Les Français pourraient devenir tunisiens, et les Tunisiens français. Sur la base de ce lien nouveau, se construirait une association d'États entre la France et ses anciennes colonies.

Le 7 mars 1952, François Mitterrand et Jacques Duhamel développèrent ce schéma devant le président du Conseil, qui l'accueillit avec enthousiasme. Le lendemain, il était renversé.

Colette accueillit la nouvelle avec ravissement. Enfin elle récupérait son mari. Lucie Faure l'avait prévenue dès les jours qui avaient suivi la nomination d'Edgar à la tête du gouvernement.

— Matignon mange ses occupants. Tu ne verras plus Jacques qu'épisodiquement. Il fera rarement l'amour, tant le pouvoir l'épuisera.

Colette ne l'avait pas trop crue. Elle savait à quel point Edgar batifolait. Rien à voir avec son couple, qui s'accordait des libertés aussi rares que réciproques. De toute façon, le voilà qui rentrait à la maison.

Juridiquement, le gouvernement Edgar Faure tomba sur l'augmentation des impôts indirects pour assurer l'équilibre budgétaire. Politiquement, il ne put survivre parce qu'une majorité reprochait à Edgar Faure ses ouvertures sur la Tunisie, l'armée européenne, l'échelle mobile des salaires, ainsi que son refus de toute amnistie fiscale, et souhaitait une ouverture à droite, avec un homme pour l'incarner, Antoine Pinay.

Pour la première fois depuis 1949, Edgar ne participait plus au gouvernement de la France, et Jacques se trouvait libéré de la charge qui avait pesé sur lui durant plus de deux années. Il pouvait intégrer son corps professionnel, le Conseil d'État, et réintégrer son corps familial, longtemps délaissé.

1953

Les éditions de La Table Ronde étaient à droite. À droite toute. Discrètement à droite en ses origines, les *Cahiers de la Table Ronde*, créés en 1944, arrêtés deux ans après. La revue accueillit les deux Jean, Anouilh et Paulhan, les deux Paul, Claudel et Valéry, Pierre Boutang et André Gide, et avec eux André Suarès, François Mauriac, Jean Cocteau, Ernest Hemingway… Vraiment à droite les éditions de La Table Ronde, créées en avril 1945, d'abord pour publier les écrivains interdits à la Libération. L'épuration littéraire n'y allait pas de main morte. Un Comité national des écrivains, héritier du front éponyme créé à l'initiative du parti communiste en 1941, établit des listes noires. Plus question d'éditer Céline ou Maurras : pas d'antisémites. Ni Brasillach ou Drieu : pas de fascistes. Même pas Chardonne, Giono ou Montherlant : pas de maréchalistes. Jean Paulhan eut beau s'opposer au nom du « droit à l'aberration », les épurateurs n'en eurent cure.

Ce nouvel éditeur naquit grâce à des mécènes, les Mouton, père et fils, le second héritant des parts du premier. Il prospéra grâce au talent d'un jeune homme, maurrassien quasi de naissance, Roland Laudenbach.

Pour attirer des auteurs importants déjà liés à de grandes maisons, telles Gallimard et Grasset, il leur proposa de ne les publier qu'en éditions originales sur beau papier. Le petit nouveau parvint ainsi à sortir des inédits de Valéry, Claudel, Giono, Montherlant (finalement sortis de la liste des proscrits), et, ce faisant, assurer un temps ses finances. En 1948, il put lancer une nouvelle revue, portant le nom de la maison d'édition. La *NRF* de Gallimard était toujours interdite, pour avoir placé Drieu à sa tête sur ordre de l'occupant. Cela libérait un bel espace, dans lequel la nouvelle revue s'engouffra. Thierry Maulnier la dirigeait avec François Mauriac. L'esprit des temps était à gauche, politiquement communisant, philosophiquement existentialiste, sartrien en somme. L'esprit de La Table Ronde se situait aux antipodes, avec André Gide et Raymond Aron. S'y retrouvaient les grands romanciers droitiers bien installés tels Marcel Aymé, Jouhandeau, Léautaud ; s'y révéla une nouvelle génération talentueuse, baptisée par Bernard Frank « Les Hussards », au premier rang desquels Michel Déon, Jacques Laurent, Michel Mohrt et… Roger Nimier.

À Nimier, Colette ne résista pas une minute. Ils vécurent une brûlante passion. Et Colette s'y brûla. Libéré de Matignon, Jacques ne tarda pas à s'en apercevoir. Il comprit qu'il ne s'agissait pas d'une amourette pour remplir le vide de ses absences. Son retour à la maison n'y changea rien. Ne parvenant pas à la reconquérir, il demanda à voir les parents de Colette ensemble. Georges et Hélène étaient divorcés, mais ils appréciaient leur gendre et se réunirent pour le recevoir. Et là, sans parvenir à contenir ses larmes, il leur déclara :

— Le bonheur de Colette m'importe plus que tout. Je préfère la voir heureuse avec un autre que malheureuse avec moi.

Colette fut ensuite convoquée séparément par sa mère puis par son père. La première la sermonna.

— Jacques est un homme stable. Il a une belle situation dans la haute fonction publique. Il reviendra sûrement un jour au pouvoir avec son Edgar Faure. Ton romancier est un aventurier. Et puis tu as quatre enfants encore très petits.

— Je me contrefiche du pouvoir. Quant aux enfants, c'est toi qui me dis cela, toi qui as divorcé de mon père ?

— Tu n'étais plus une enfant.

— Et tu crois que c'était mieux ?

Georges, qui connaissait sa fille, fut nettement plus habile.

— Tu vis une passion, et ce n'est pas moi qui vais t'en faire reproche. Mais as-tu pour autant cessé d'aimer Jacques ?

— Non, je ne peux pas dire cela.

— Il t'aime, tu le sais. Il t'aime éperdument. Il est même venu nous dire qu'il était prêt à renoncer à toi, si tel était ton bonheur.

— Il a fait ça ? Et pourquoi ne me l'a-t-il pas dit ?

— Peut-être pour se donner une dernière chance en passant par moi.

— Il est décidément un bon stratège, commenta Colette avec un mélange d'exaspération et d'admiration.

— La question n'est pas là, répliqua son père qui n'en pensait pas moins. Crois-tu pouvoir faire ta vie avec ton amant ?

— Je ne suis pas naïve à ce point.

— Alors tu dois le quitter, sinon tu perdras les deux.

Colette mit un terme à son aventure avec Nimier. Quelques jours après, elle tenta de mourir. Jean-Louis la secourut.

En clinique, Colette passait la plupart de son temps à dormir. Jacques s'était fait indiquer ses moments les plus éveillés, juste avant la reprise de médicaments. Il venait tous les jours, chaque jour avec une fleur différente. Au début, il ne disait rien. Puis il donna des nouvelles des enfants, comme si de rien n'était.

Deux semaines s'étaient écoulées lorsque Colette lui parla vraiment :

— Je l'ai aimé follement – c'est le mot. Mais je n'ai jamais cessé de t'aimer. J'étais devenue quelqu'un d'autre. Tu es et seras toujours l'homme de ma vie.

— Je sais.

— L'amour ne s'apprend pas. Le désamour, si. J'y arriverai.

Jacques la fit revivre. À cette fin, il emprunta le plus audacieux des chemins. Il s'appliqua à ce qu'elle devienne directrice des éditions de La Table Ronde.

En 1948, malgré l'entregent de Laudenbach, la maison perdait trop d'argent. Gallimard et Grasset se rebiffaient et tarissaient la rivière des inédits de luxe par une efficace pression sur leurs auteurs. Mouton dut vendre une partie de ses parts. Hors de question de les céder à l'un des deux G. Il choisit donc Plon. Maurice Bourdel, son directeur, mena l'opération. La même année, ce dernier épousa Hélène, la mère de Colette, qui venait de divorcer…

Lorsqu'il fallut, quatre ans plus tard, tirer sa femme du désespoir, Jacques n'eut pas grand mal à convaincre son nouveau beau-père de l'aider à reprendre La Table Ronde. Il veilla cependant à ne pas se mettre intégralement dans la main de Plon. Une nouvelle société fut créée, du nom de Domino – le surnom que Maurice et Hélène avaient donné à leur fille Dominique, la demi-sœur de Colette. Plon y apportait ses 70 % d'actions de La Table Ronde, Jacques avait réuni des investisseurs pour les équilibrer, son beau-frère Gwen-Aël Bolloré, marié à la sœur de Colette, et le docteur Soulas, lié aux Bolloré. Gwen avait deux raisons pour se lancer dans l'opération : la première familiale, puisqu'il était le mari de la sœur de Colette ; la seconde idéologique, car il appréciait le fonds catholique et droitier de nombre des auteurs. Au total, la maison se trouvait désormais dotée de 6 millions de francs.

Colette devint directrice et retrouva goût à la vie. Lorsqu'elle publiait un premier roman, elle se rendait dans les meilleures librairies de Paris, se gardant bien de dire qu'elle en était l'éditrice, et achetait un exemplaire tout en expliquant au libraire combien ce livre lui avait été recommandé par nombre de ses amis, afin qu'il relaie la rumeur enthousiaste. La production augmenta. Quelques mois après, en septembre 1953, le groupe Duhamel-Bolloré racheta les parts de Plon. Il contrôlait ainsi le capital, à l'exception d'actions conservées par Mouton qui les vendit l'année suivante à Publicis, donc à Marcel Bleustein-Blanchet, avec lequel Jacques était très ami.

Colette rayonnait. Elle gauchit un peu la maison, avec Bernard Frank, Jean Freustié et Roger Stéphane, amené par Jacques. Laudenbach la laissa faire, il se piquait de cinéma et délaissait un peu les livres. Il s'occupa cependant d'attirer Michel de Saint-Pierre, certes résistant, mais tellement plus réactionnaire. En 1954, son roman *Les Aristocrates* connut un immense succès qui renfloua La Table Ronde pour un temps.

Un temps seulement. Les choses se gâtèrent sur deux fronts, et d'abord celui qui préoccupait le plus Colette, celui de ses relations avec Roland Laudenbach. Il venait déjeuner tous les jeudis dans le grand appartement où les Duhamel avaient emménagé avec leurs quatre enfants avenue Raymond-Poincaré. Le premier déjeuner de janvier 1956 se passa mal. Laudenbach attaqua :

— Ton mari aurait mieux fait d'empêcher Edgar Faure de dissoudre l'Assemblée. Nous allons nous retrouver avec Mendès au pouvoir, ce bradeur de notre empire.

— Je suggère d'éviter les sujets politiques. Nous risquons de nous fâcher, répliqua Colette.

— Éviter la politique alors que des fellaghas veulent nous arracher un morceau de France ! La Table Ronde doit s'engager et défendre notre armée, calomniée par votre ami JJSS et son journal antinational, *L'Express*.

— Il est hors de question de politiser la maison. Et encore moins de défendre la torture.

— Tu ne vas quand même pas soutenir l'indépendance de l'Algérie.

— Jacques me dit que c'est comme cela que cette histoire finira. Je n'y connais rien et ne défends rien, seulement que la torture est inacceptable.

— Il faut savoir ce que l'on veut.

— Je sais ce que je ne veux pas. Qu'au nom d'une idée, quelle qu'elle soit, un homme en charcute un autre.

— Et que tes amis arabes posent des bombes et massacrent nos concitoyens.

— Je le désapprouve. Mais une horreur n'en justifie pas une autre.

— Heureusement que tu n'es pas au pouvoir. Et malheureusement ton mari y participe.

— Laisse mon mari hors de la conversation. Et parlons plutôt littérature, le seul terrain sur lequel nous pouvons nous entendre.

— Essayons, d'autant que les affaires ne marchent guère…

Le déjeuner se termina avec plus de sérénité mais sans gaieté. Laudenbach expliqua que la maison était vraiment dans le rouge. Colette était une excellente éditrice au sens littéraire, une piètre éditrice au sens financier. Elle avait tous les talents pour dénicher des auteurs et cajoler ceux qui étaient déjà là, mais les deux Gros, les deux G, Galligrasset, ne toléraient pas les jeunes concurrents. Il ne leur était pas trop difficile d'attirer à eux les égarés, promesse de prix littéraires à l'appui. Le déficit dépassait les 3 millions de francs. Jacques lui expliqua que cela ne pouvait continuer.

— Nous ne pourrons bientôt plus payer les auteurs. Il faut trouver une solution.

— Remettons de l'argent.

— Quel argent ? Marcel Bleustein n'en rajoutera pas. Et toi et moi n'en avons pas. Sauf si l'on vend Sanary.

— Vendre Sanary ! Tu es fou. Jamais.

— Tu as raison, jamais. Alors, il faut vendre La Table Ronde.

— De toute façon, je ne peux plus continuer longtemps avec Roland. Chaque jour qui passe, il devient un peu plus fanatiquement Algérie française. Nous nous sommes encore engueulés hier parce qu'il défendait la torture. Tu te rends compte !

Jacques savait que la guerre d'Algérie ne cesserait d'aviver les conflits entre le couple Duhamel d'un côté, Roland Laudenbach et Gwen Bolloré de l'autre. Il tenait l'indépendance de l'Algérie pour inéluctable, tandis que Roland et Gwen défendraient jusqu'au bout cette terre qu'ils considéraient comme française. Les deux camps décidèrent de mettre leur différend de côté et de chercher ensemble un investisseur. Del Duca fut approché, puis Julliard. Leurs propositions ne couvraient pas le déficit. Jacques rencontra alors Claude Gallimard. Il accepta d'entrer au capital. La Table Ronde était sauvée.

Les déboires financiers cessèrent, les divisions sur la guerre d'Algérie s'aggravèrent. Laudenbach reprit sa croisade. Colette s'en alla.

1954

Un froid glacial s'abattit sur la France au début de l'hiver 1953-1954. À Paris, la température tomba à – 15 °C. Les sans-abri se comptaient par milliers tant les logements manquaient. Les destructions de la guerre avaient réduit drastiquement l'offre, tandis que les demandes explosaient, nourries d'un côté par le baby-boom, de l'autre par les vagues de paysans venant chercher un meilleur sort dans la capitale.

Dans la nuit du 3 au 4 janvier, deux événements se télescopèrent. Au Conseil de la République, un amendement de Léo Hamon pour la construction de logements d'urgence, prélevant 1 milliard de francs sur les 90 milliards alloués aux HLM, fut rejeté. À Neuilly-Plaisance, un bébé de trois mois mourut de froid dans la carcasse d'un vieux car où ses parents s'étaient réfugiés avec lui pour la nuit.

Depuis cinq ans, Henri Grouès, dit l'abbé Pierre, vivait dans cette commune avec les Compagnons d'Emmaüs qu'il avait créés afin d'aider les plus démunis. La mort du petit Marc, dans ce car abandonné cité des Coquelicots, bouleversa l'abbé qui, aidé de son ami journalise Gérard Marin, se rendit au siège du *Figaro*.

Il put rencontrer son directeur, Pierre Brisson, lequel décida de le soutenir. Le 7 janvier, *Le Figaro* publia en une la lettre ouverte de l'abbé Pierre adressée au ministre du Logement.

Jacques saisit d'emblée la gravité du problème et perçut le charisme de ce prêtre pas comme les autres, qui portait son nom de résistant. Avec sa gueule d'apôtre, sa barbe de missionnaire, sa cape et sa canne, il passait ses nuits en maraudes et ses journées à mobiliser des journalistes. Jacques rencontra l'abbé et se mit au travail sur l'aide aux logements d'urgence.

Le 1er février, une femme de soixante-six ans, expulsée quarante-huit heures plus tôt pour non-paiement de son loyer, mourut de froid dans la nuit, devant le théâtre du Châtelet. Et avec elle, dans le pays, onze autres personnes dont trois bébés. L'abbé Pierre rédigea avec un autre ami journaliste, Georges Verpraet, un appel, qu'il lut sur Radio-Luxembourg :

> *Mes amis, au secours... Une femme vient de mourir gelée, cette nuit à 3 heures, sur le trottoir du boulevard Sébastopol, serrant sur elle le papier par lequel, avant-hier, on l'avait expulsée...*
> *Chaque nuit, ils sont plus de deux mille recroquevillés sous le gel, sans toit, sans pain, plus d'un presque nu. Devant tant d'horreur, les cités d'urgence, ce n'est même plus assez urgent !*
> *Écoutez-moi : en trois heures, deux premiers centres de dépannage viennent de se créer : l'un sous la tente au pied du Panthéon, rue de la Montagne-Sainte-Geneviève ; l'autre à Courbevoie. Ils regorgent déjà, il faut en ouvrir partout.*

Il faut que ce soir même, dans toutes les villes de France, dans chaque quartier de Paris, des pancartes s'accrochent sous une lumière dans la nuit, à la porte de lieux où il y ait couvertures, paille, soupe, et où l'on lise sous ce titre : « Centre fraternel de dépannage », ces simples mots : « Toi qui souffres, qui que tu sois, entre, dors, mange, reprends espoir, ici on t'aime. »

Les appels submergèrent aussitôt les standards de Radio-Luxembourg et de la RTF, la radio publique sous contrôle gouvernemental ayant lu l'appel dans son journal de 13 heures. Jacques, à la manœuvre, permit la réquisition de stations de métro et de la gare d'Orsay. Et le 4 février, trois jours après l'appel de l'abbé Pierre, les députés adoptèrent le plan gouvernemental pour la construction de logements d'urgence. Le milliard refusé un mois plus tôt venait d'être multiplié par dix.

Edgar Faure était revenu au gouvernement en juin 1953, aux Finances et à l'Économie. En juin 1954, le changement de président du Conseil ne l'affecta pas. Edgar Faure et donc Jacques restèrent à Rivoli. Mais ils se trouvaient désormais sous la houlette de Pierre Mendès France, président du Conseil d'un genre inédit. Dans son discours d'investiture, le 18 juin 1954, Mendès avait innové au moins sur deux points. Il avait annoncé choisir personnellement ses ministres, sans les sélectionner avec les partis :

Il n'y aura pas de ces négociations interminables que nous avons connues ; je n'admettrai ni exigences ni veto. Le choix des ministres, en vertu de la Constitution, appartient au président du

Conseil investi, et à lui seul. Je ne suis pas disposé à transiger sur les droits que vous m'auriez donnés par votre vote d'investiture.

Et sur le fond, il s'engagea à réussir une négociation pour mettre un terme à la guerre en Indochine dans le mois, faute de quoi il démissionnerait.

Un règlement pacifique du conflit est possible. Il faut donc que le cessez-le-feu intervienne rapidement. Le gouvernement que je constituerai se fixera – et il fixera à nos adversaires – un délai de quatre semaines pour y parvenir. Nous sommes aujourd'hui le 17 juin. Je me présenterai devant vous le 20 juillet et je vous rendrai compte des résultats obtenus. Si aucune solution satisfaisante n'a pu aboutir à cette date, vous serez libérés du contrat qui nous aura liés et mon gouvernement remettra sa démission à M. le président de la République.

Jacques était fauriste par fonction, mendésiste par conviction, et les deux par amitié. Celle avec Edgar était personnelle et profonde, celle avec Mendès passait par Simon Nora et Jean-Jacques Servan-Schreiber. Comme eux, il admirait chez PMF tout ce qui tranchait avec la classe politique en place : sa rigueur, son intransigeance, sa volonté de dire vrai. Mais il admirait aussi chez Edgar son intelligence, sa recherche acharnée de la conciliation, souvent condition de la réussite, son « *ambition de l'œuvre* ». À ses yeux, l'opposition tranchée souvent mise en avant entre Edgar et Mendès était très exagérée.

Beaucoup ignoraient la puissance de l'affection qui les liait, quand tous voyaient à quel point leur mode de vie les opposait. Mendès mangeait peu, ne courait pas derrière les femmes, buvait abondamment… du lait et détestait dépenser ; Edgar cultivait sur tous ces points le contraire. Mendès n'avait qu'une maîtresse, Edgar les accumulait. Jacques savait tout cela, mais si leurs vies privées se situaient aux antipodes, il ne voyait rien de tel dans leur conception de l'action publique. Il estimait que le premier avait plus de principes qu'on ne le disait, même s'il préférait blaguer que les proclamer, et le second transigeait quand il le fallait, au moins dans le peu de temps qu'il passa au pouvoir. Il n'eut donc aucun mal à être mendésiste tout en restant fidèle à Edgar. Seul comptait ce dernier point pour son patron, qui néanmoins aimait taquiner son collaborateur préféré sur le premier :

— *Mendès porte la technicité jusqu'aux confins du mysticisme et le radicalisme des réformes jusqu'à la semblance des révolutions.*

Si Jacques n'éprouvait aucune difficulté à marier ces deux admirations, il n'en alla pas de même pour le cercle étroit des compagnons de Mendès France, au premier rang desquels Jean-Jacques Servan-Schreiber. Edgar Faure avait été de presque tous les gouvernements depuis 1949. Qu'importait à leurs yeux qu'il ait été un keynésien modernisateur, contribuant largement à la spectaculaire reconstruction du pays, sa seule participation à diverses constructions ministérielles en faisait un symbole de la combine, incompatible avec la pureté mendésienne. La formation du gouvernement aggrava les choses. Le 18 juin au petit matin, Jean-Jacques appela Jacques au téléphone. Colette répondit.

— Je ne peux pas te le passer. Il est parti à l'aube rejoindre Edgar.

— Alors il faut que tu l'appelles d'urgence. Tu as bien les moyens de le faire.

— Et pour lui dire quoi ?

— Qu'il doit cesser d'endoctriner Mendès contre moi.

— Qu'est-ce que tu racontes ? Jacques n'a jamais rien dit contre toi.

— Je ne te parle pas de Jacques, mais d'Edgar. Mendès veut me confier un secrétariat d'État à la Jeunesse, et votre Edgar lui raconte que ce serait une grosse erreur, provoquant plus d'oppositions que de soutiens.

— Écoute, Jean-Jacques : premièrement ce n'est pas « mon » Edgar et deuxièmement je n'interfère pas dans ce genre d'affaires. Cela ne m'intéresse pas et je n'y connais rien. Trouve un autre messager, tu n'en manques pas…

— Décidément, tu ne changeras pas…

Et il raccrocha.

Jean-Jacques Servan-Schreiber n'obtint pas le secrétariat d'État espéré. Quant à Edgar Faure, il retrouva le ministère de l'Économie et des Finances, comme il l'espérait, avec en prime le Plan, antérieurement rattaché à Matignon, et, cerise sur le gâteau de son insatiable amour-propre, la position de numéro 2 du gouvernement. Edgar cessa de taquiner Jacques sur son admiration pour Mendès, venant au contraire la nourrir.

— Jamais je n'ai vu Conseil des ministres de ce type. Y règne une sorte d'enthousiasme communicatif. De surcroît, Mendès nous exhorte à intervenir très librement. Je m'efforce de parler le dernier avant lui et de préparer sa conclusion. Vous savez ce qu'il m'a dit ?

— Non, mais vous connaissant, ce doit être flatteur.

— *Toutes tes interventions sont calculées au point de plus extrême finesse pour me porter appui.*

— Il a vraiment dit « toutes » ?

— Oui.

— Il vous connaît bien.

Mendès gagna son « pari-calendrier ». Les accords de Genève furent conclus le 20 juillet à minuit, grâce notamment à la pression chinoise sur les communistes vietnamiens, Mendès ayant pris soin de rencontrer le Premier ministre Zhou Enlai dès son arrivée à Genève. Cessez-le-feu, armistice, ligne de démarcation entre le Nord et le Sud-Viêtnam sur le 17e parallèle, et réunification en 1956 après référendum. La guerre d'Indochine était finie. La guerre du Viêtnam n'aurait pas suivi si la dernière clause des accords avait été respectée.

De retour à Paris, Pierre Mendès France trouva sur son bureau une lettre d'une écriture enfantine :

« Monsieur le président,

« Je veux te dire que je suis très fier pour mon pays que tu le diriges. Tu viens de faire la paix. Je déteste la guerre. Merci.

« Jérôme Duhamel. »

Une petite fiche signée de Léone Georges-Picot, sa chef de cabinet, était attachée à la lettre par un trombone.

« Il s'agit du fils aîné de Jacques Duhamel et il n'a que six ans. »

Mendès France lui répondit. Jérôme montra la lettre à son père, qui, de cet échange, ne fut pas peu fier.

Pendant que le chef du gouvernement se concentrait sur la paix au Viêtnam, son numéro 2 avançait sur le terrain économique. L'harmonie régnait d'autant plus entre Rivoli, siège du ministère des Finances et Matignon, qu'en ce lieu le conseiller en première ligne n'était autre que Simon Nora. Jacques et Simon, en déjà vieux complices, veillèrent avec leurs chefs à ce que soit votée la loi instaurant la taxe sur la valeur ajoutée, la TVA, un des impôts les plus modernes qui soient. Ils obtinrent aussi, début août, une délégation de pouvoirs du Parlement, ce qui permit de relancer les investissements par une détaxation de 50 %. Edgar fit un discours long, technique, argumenté qui ennuya les députés pressés de partir en vacances, mais impressionna Mendès – c'était son but. Le chef félicita son ministre :

> *Le langage est nouveau. Ils sont surpris, déconcertés, mais ils finiront bien par s'habituer à cette manière moderne et scientifique de traiter l'économie.*

« Moderne et scientifique » – dans la bouche de Mendès, on ne pouvait rêver plus beau compliment.

Colette aimait redescendre à Sanary au début de l'automne pour voir rougir les feuilles de ses vignes. La douceur de la fin septembre et le calme du hors saison lui convenaient pour faire une trêve dans la rentrée littéraire, et, loin des enfants en de bonnes mains à Paris grâce à Mimi, leur gouvernante, lire tranquillement les manuscrits que Roland Laudenbach lui avait transmis afin de lever les doutes ou confirmer les rares enthousiasmes de son numéro 2. Elle conserva, après avoir quitté La Table Ronde, ce rite des journées de lecture solitaire dans son Midi et y était encore à la mi-octobre lorsque Jacques débarqua par surprise.

— Formidable, tu viens enfin passer un week-end avec moi.

— Presque. Il faut juste que je me rende une journée au congrès du Parti radical, à Marseille. Edgar et Mendès y seront.

— Je croyais que tu n'appartenais à aucun mouvement politique ?

— Certes. Mais je veux voir comment ça marche. Je ne peux pas rester enfermé à Matignon ou dans les dîners et ne fréquenter que le beau monde. D'ailleurs, tu viens avec moi.

— Ça m'emmerde. Le monde réel, je n'ai pas besoin d'aller le voir, je m'y promène tous les jours dans mes manuscrits.

— Nous n'y resterons que quelques heures, autour d'un bon déjeuner. S'il te plaît, s'il te plaît…

— Bon, si cela te fait vraiment plaisir…

Le déjeuner en question eut lieu dans le Grand Hôtel Noailles-Métropole, sur la Canebière. Les hiérarques du Parti radical y prenaient leurs quartiers chaque fois que leur congrès avait lieu à Marseille. Ils ne l'avaient pas adopté pour la beauté de sa façade alternant frontons triangulaires et curvilignes, pas même pour le luxe de ses tapisseries, mais pour la qualité de sa cuisine. Le gigantesque incendie des Nouvelles Galeries, juste en face, auquel Édouard Daladier et ses amis assistèrent en 1938, ne les avait point dissuadés d'y retourner. Les loups au fenouil étaient trop bons.

Le 16 octobre 1954, le congrès touchait à sa fin. Jacques et Colette étaient arrivés dans la matinée. Ils rejoignirent le déjeuner. Mendès avait décidé d'asseoir Colette en face de lui, pris Edgar à sa droite et Jacques à sa gauche. Ce dernier s'en trouva rassuré, se disant qu'il pourrait la contrôler un peu du regard si elle s'engageait comme parfois dans des propos dont la franchise risquerait de dépasser les limites de l'impertinence. Cela ne suffit pas.

Lorsque vint le moment du dessert, on servit des fraises avec du fromage blanc dans un grand bol à part. Et Colette de dire en riant :

— Quand je vois une belle masse de fromage blanc comme cela, j'ai toujours envie d'en envoyer une cuillère à la figure de mon vis-à-vis.

— Chiche, dit Mendès.

Aussitôt dit par lui, aussitôt fait par elle. Jacques s'empourpra. Mendès sourit et pardonna dans l'instant. Edgar eut le dernier mot :

— En tout cas, moi, je n'aurais pas dit « chiche ».

1955

Mendès France fut renversé comme prévu. Edgar Faure accepta de lui succéder comme prévisible.

— Il me faut maintenant constituer le gouvernement. Je ne veux pas me contenter du dosage entre petits paquets par groupes parlementaires. Je veux surtout faire le choix des hommes clés en corrélation avec les problèmes clés.

— Il serait préférable, dans cette prospective, de parler des hommes clés… et des problèmes serrures, répliqua Jacques.

Edgar sourit.

En relisant la dernière version du discours d'investiture, Jacques s'amusa de voir qu'Edgar poussait à sa limite sa différence avec Mendès si friand de théorisations parfois systématiques. Son patron prenait un malin plaisir à railler les grandes visions, et même la définition d'une politique par le choix entre grandes options :

On parle à juste titre des options nécessaires. Les choix de l'heure sont graves. Mais ils ne sont pas vraiment libres. Qui peut choisir l'inflation ? Qui peut choisir le pacte colonial ? Qui peut choisir contre la paix ? Qui peut choisir contre la sécurité ?

Jacques retrouvait là le jeu auquel il se livrait souvent et qui consistait à prouver l'inanité des propos d'un politique en les inversant. Lorsque Untel parlait de « garantir l'ordre », il songeait : comme si l'on pouvait affirmer « garantir le désordre ». « Renforcer notre croissance économique » – qui proposerait de « l'affaiblir » ? « Rassembler les Français » – les diviser…, etc. La politique, à tout le moins dans une démocratie, était plus souvent affaire de moyens que d'idéal. Edgar poussait l'idée jusqu'au bout :

Le véritable choix n'est pas le choix entre les idéaux. C'est le choix entre les moyens... Le mauvais choix des moyens est le seul véritable choix contre l'idéal.

Edgar Faure se demanda qui nommer directeur de son cabinet à Matignon. Il envisagea d'abord de trouver un préfet de qualité. Après réflexion, il se dit : « Et pourquoi ne pas y mettre Jacques Duhamel ? Il a été un directeur adjoint exceptionnel, dispose déjà d'une expérience, a un sens politique très rare. Bref, il réunit toutes les qualités. Seule objection : son âge. Trente et un ans seulement. Mais est-ce une objection suffisante ? » Il choisit de passer outre, ce qui ravit Jacques, lequel, avec le culot de la jeunesse, justement, lui proposa de choisir Valéry Giscard d'Estaing comme directeur adjoint. Jacques admirait l'intelligence de son jeune ami, intelligence certes au sens étroit du terme, mais qui compte dans cette fonction.

Edgar accepta, et ajouta en numéro 3 un grand résistant et jeune préfet, Pierre Sudreau. Edgar se dit qu'il disposait ainsi d'une triade dont les talents étaient inversement proportionnels à l'âge.

Colette n'intervenait pas dans les affaires de l'État. Elle savait Jacques infiniment plus compétent qu'elle. Et puis, cela ne la passionnait pas. Elle n'en fut pas moins très utile à Jacques, pour une autre raison. De nature très curieuse, et par conséquent portée vers les autres, elle adorait les rencontres, surtout celles qui faisaient naître des amitiés. À cette fin, elle organisait souvent des dîners à la maison, ce qui avait aussi l'avantage de forcer Jacques à rentrer plus tôt de Matignon. Elle avait arraché à son mari la promesse de lui accorder au moins un soir par semaine pour ces dîners que les mauvais esprits raillaient comme mondains – ce qu'ils étaient souvent la première fois –, mais qui, dans bien des cas, furent à l'origine de vraies amitiés. Celle avec l'avocat Georges Izard fut aussi intense qu'inaltérable. Elle permit à Jacques de nouer des contacts avec quelques Marocains aussi soucieux de l'indépendance de leur pays que d'y parvenir sans violence. Celle avec Léopold Senghor l'aida à concevoir une fédération française pour une décolonisation réussie. Celle avec Pierre Salinger l'initia aux subtilités de la politique aux États-Unis… Ces agapes ravissaient les enfants, particulièrement Marie et Stéphane. Rentrés de l'école, ils se précipitaient tous deux dans la cuisine pour voir Bénita, la cuisinière, préparer son fameux koulibiak, pâte feuilletée farcie de saumon, champignons, riz et feuilles d'aneth. Bénita rajoutait toujours quelques petits chaussons qu'elle faisait cuire en même temps pour eux – ils seraient déjà couchés lorsque reviendraient les restes. Et réchauffé le lendemain, c'était nettement moins bon.

La vie d'un directeur de cabinet à Matignon était infernale. Dès que quelque chose d'un tant soit peu important se passait dans le pays, il fallait en informer le chef du gouvernement. La nuit, préfets ou ministres hésitaient à l'appeler directement. Il leur fallait conjurer le double risque de l'importuner pour une broutille ou de ne pas l'informer d'un fait grave qui méritait de le réveiller.

Distinguer l'un de l'autre n'était pas toujours aisé. Ce le fut sans hésitation dans la nuit du 11 au 12 juin 1955. Un accident d'une gravité inouïe venait de se produire aux 24 heures du Mans. Le pilote d'une Mercedes fut contraint de se déboîter pour ne pas heurter une voiture ayant brusquement freiné. Il emboutit l'Austin devant lui, ce qui fit effet de tremplin projetant la Mercedes dans les airs. Elle s'écrasa dans la foule, puis explosa, faisant plus de quatre-vingts morts. Jacques conforta Edgar sur les deux décisions qu'il pensait prendre. Ne pas revenir sur la poursuite de la course, sans quoi des dizaines de milliers de personnes se seraient précipitées sur les routes, entravant l'action des secours. Et ne pas se rendre sur place, ce qui n'aurait servi à rien, sinon à se faire une publicité de mauvais aloi.

À combien de morts un attentat en Algérie ou un accident ferroviaire justifiait-il d'interrompre le sommeil du président du Conseil ? Dans le doute, fréquent, l'on appelait le directeur de cabinet, commode transfert de la responsabilité. Jacques était donc bien plus souvent réveillé en pleine nuit qu'Edgar. Au début,

Colette s'en offusquait. Et puis elle habitua son cerveau endormi à ne plus entendre la sonnerie du téléphone.

Colette goûtait nettement plus les dîners avenue Raymond-Poincaré que les réceptions officielles. Devant l'insistance de Jacques, elle acceptait parfois de s'y rendre, essentiellement lorsqu'il s'agissait d'accueillir des personnalités du monde de la culture, ce qui était rare, et des étrangers, ce qui l'était moins. Lors de l'une d'entre elles, s'entretenant à l'écart avec Edgar, le chef du gouvernement lui mit la main aux fesses en commentant :

— J'aimerais baiser avec toi.

Il se prit aussitôt une gifle, mais personne ne s'en aperçut. Rentrant à la maison avec son mari, elle lui relata l'incident.

— Tu exagères !

— Non, c'est lui qui a exagéré…

— D'accord, mais de là à le gifler…

— Je l'ai fait discrètement.

— Encore heureux !

Colette passa les vacances d'été à Sanary avec Micou et les enfants. Colette avait décidé de s'arrêter au quatrième. Bercer le petit dernier dans le hamac arrimé entre le figuier et le poteau de la canisse la comblait. Micou avait inauguré la nouvelle génération avec Thierry, né en 1947. S'ensuivit une longue série de grossesses dramatiques, entre fausses couches et mort-nés. Puis, alors que Colette avait clos sa progéniture, elle eut deux autres garçons, Jean-Paul et Christian. Cela faisait donc une sacrée marmaille, mais heureusement pour leurs mères, et pour la quiétude de Jean-Louis, ils avaient pu faire venir Zelle qui s'en occupait au mieux.

La fidèle gouvernante russe des étés sanaryens ne demandait qu'une chose : que la mer lui soit épargnée, ce qui ne posait aucun problème car les mères aimaient aller à la plage où Colette apprenait aux plus grands à faire la roue ou le pont, tandis que tous étaient confiés au maître-nageur, en trois groupes : les petits, ceux de Micou : Jean-Paul et Christian, les moyens, ceux de Colette : Stéphane et Gilles, et les grands, Thierry Funck, l'aîné des sept, Jérôme et Marie Duhamel. Cette dernière ne cachait pas sa fierté d'être ainsi gratifiée, d'autant qu'elle vénérait son cousin Thierry – alors être dans le même groupe que lui ! Stéphane, qui n'avait que cinq ans, savait suffisamment compter : Marie avait deux ans de moins que Jérôme, et lui n'avait qu'un an de moins que Marie. Ce n'était pas juste. Et en plus, personne ne remarquait qu'il souffrait de cette relégation. Entre Gilles souvent lové dans les bras de sa mère et Marie qui profitait de son statut d'unique fille, sa place était vraiment la pire, surtout à Sanary où les sujets de discrimination ne manquaient pas : places à table, autorisation de grimper sur les grands arbres, heures des couchers…

De retour à Paris, l'apartheid s'estompait. Les enfants faisaient tous leur primaire au Cours Berge. Au 6 de l'avenue Raymond-Poincaré, les enfants Duhamel jouissaient d'un appartement plus grand que leurs cousins, dans le même pâté de maisons, au 53, rue de Longchamp. Ils pouvaient jouer au foot dans le grand couloir et bénéficiaient même d'une pièce pour faire n'importe quoi, ou presque, baptisée « chambre des bêtises ».

Pendant ce temps, leur père savait que, pour régler l'affaire marocaine, il devait redoubler d'intelligence.

Il se rassurait en se disant qu'Edgar n'en manquait pas, et était décidé pour sa part à y ajouter, lorsque nécessaire, une inébranlable détermination. Edgar était comme lui convaincu que le temps de la colonisation était révolu et le temps des indépendances venu. Ce qui avait été accompli en Tunisie devait l'être au Maroc. Infiniment plus facile à dire qu'à réaliser, tant s'accumulaient les facteurs contraires. Edgar et lui décidèrent d'en faire leur priorité absolue au lendemain du massacre d'Oued-Zem, le 20 août, avec ces dizaines d'Européens assassinés, y compris à l'hôpital, et ces centaines de Marocains tués en représailles.

— Edgar, je ne sais pas et nous ne saurons probablement jamais la part de la provocation des ultras dans ce carnage.

— Nul doute qu'ils en profiteront, et la droite dure en métropole aussi, pour refuser toute évolution. C'est pourtant la preuve qu'elle est nécessaire.

— Alors il faut le dire. Il y a trois ans, jour pour jour, la déposition du sultan Muhammad, roi temporel et chef spirituel, par le gouvernement Laniel fut une énorme erreur. Et c'est un des rares gouvernements auxquels vous n'avez pas participé.

— Je suis convaincu qu'il va falloir revenir dessus, le sortir de son exil à Madagascar, le remettre sur le trône et négocier l'indépendance avec lui.

— Et comment le faire admettre à votre ministre des Affaires étrangères, Antoine Pinay ?

— Il est certes à droite, mais beaucoup plus ouvert que vous ne le croyez. Défaites-vous de votre prisme de gauche qui altère votre jugement.

— Rien ne pourrait plus me réjouir que vous ayez raison. Blague à part, réfléchissons aux moyens de convaincre les récalcitrants. Il faut leur faire comprendre que le statu quo serait bien pire.

— Exactement ce que je vais faire. D'abord avec Pinay. Puis à l'Assemblée. L'immobilisme nous annonce un Oued-Zem par mois.

— Et le projet des nationalistes islamistes de déclencher une insurrection au Maroc qui se joindrait à celle en Algérie avec en vue un État islamiste au Maghreb, ne faut-il pas le révéler ?

— Je le ferai le moment venu, si nécessaire. Il est toujours difficile de faire comprendre qu'une politique s'impose pour éviter une catastrophe que personne ne voit venir. Et plus difficile encore après de recueillir les louanges d'avoir évité le pire. La conscience du pire ne commence que lorsqu'il a eu lieu.

Jacques donna beaucoup de sa personne, utilisant toutes sortes de ressources : voyages au Maroc pour convaincre les nationalistes modérés de ne pas rejoindre les tenants de la violence, week-end confidentiel à Sanary pour remettre le résident Grandval dans la ligne, dîners avenue Raymond-Poincaré avec Pierre Brisson, le patron du *Figaro*, très ouvert, ou Pierre Lazareff, celui de *France-Soir*, assez fermé. Edgar était très impressionné, et ne le lui cacha pas lorsqu'il quitta le week-end secret à Sanary :

— Non seulement vous dirigez fort bien mon cabinet, mais en plus vous êtes un formidable attaché de presse. La seule chose que je ne comprends pas, c'est comment vous parvenez à abattre une telle quantité de travail sans être détruit par le surmenage.

— La passion, Edgar, la passion. La passion d'agir, la passion des gens, la passion d'être utile. La passion décuple les forces.

Le 6 novembre 1955, Sidi Muhammad Ben Youssef, le sultan vénéré des Marocains, et Antoine Pinay, le ministre des Affaires étrangères de la France, signèrent à La Celle-Saint-Cloud les accords consacrant son retour sur le trône. L'indépendance du Maroc était en marche, pacifiquement. Elle fut consacrée l'année suivante.

Pierre Mendès France et Edgar Faure avaient réussi l'indépendance de la Tunisie, sans guerre, et en accord avec la France. Edgar Faure réussit l'indépendance du Maroc en évitant les pires drames. Jacques savait combien il y avait contribué, à sa place, seconde et pourtant essentielle. Dans les deux cas. Il n'ignorait pas que bien peu de personnes le sauraient…

1958

Depuis février 1956, la vie de Jacques s'était considérablement apaisée. Edgar Faure ne disposait même plus d'un portefeuille ministériel et partageait son temps entre ses électeurs du Jura, sa clientèle d'avocat et ses écritures, lesquelles allaient du système fiscal sous Dioclétien à la Chine de Mao en passant par la disgrâce de Turgot. Jacques ne voulait pas écrire, du moins pas de livre. Il ne manquait pas de confiance en lui pour parler, négocier, convaincre, rédiger des notes ou des discours, décider, exécuter… Pas non plus pour réfléchir sur le moyen ou le long terme, ce que lui permettait son nouveau poste de commissaire adjoint du Plan. Mais écrire un livre, non, il ne se sentait pas à la hauteur.

Plusieurs fois par semaine, cette inhibition se renforçait, au fur et à mesure que Colette le sollicitait pour écrire… les fiches de lecture qu'elle devait remettre aux éditions Gallimard sur des romans américains. Le scénario se répétait souvent, pour la joie des enfants qui y assistaient fréquemment dans la chambre des parents. Ces derniers devaient sortir dîner chez des amis ou pour une réception officielle. Colette s'était préparée à l'avance, en mettant une des magnifiques robes que son amie Hélène Rochas lui avait données. Jacques était en retard pour enfiler une chemise propre – voire son smoking s'il s'agissait d'un grand dîner à l'Élysée. Restait un problème : Colette n'avait pas fini la fiche de lecture qu'elle devait envoyer le lendemain matin. Elle résumait le roman et ce qu'elle en pensait. Jacques lui dictait les phrases tout en s'habillant. Colette lui demandait d'aller moins vite, afin qu'elle ait le temps de bien noter. L'affaire se bouclait en une quinzaine de minutes…

Cette vie calme fut perturbée une première fois en mai 1958. Jacques mesura d'emblée l'importance de l'insurrection civile et militaire du 13 mai à Alger. Il ne douta pas que les gaullistes, soutenus par les plus fanatiques des tenants de l'Algérie française, iraient jusqu'au coup d'État pour porter de Gaulle au pouvoir. Si ce dernier l'acceptait, il deviendrait une sorte de dictateur. Et s'il refusait, la France subirait pire encore, une vraie dictature militaire. Jacques se demanda même, à la mi-mai, s'il ne fallait pas envoyer Colette et les enfants à Sanary pour les mettre à l'abri d'une possible guerre civile. Colette refusa obstinément, préférant lui dérouler un scénario plus optimiste.

— Tu verras, les politiciens vont avoir encore plus peur que toi.

— Je n'ai pas peur, en tout cas pas pour moi. Je prévois le pire, ce qu'il faut toujours faire pour tenter de l'éviter, ou d'en limiter les conséquences.

— Eh bien, moi, je te prévois le nettement moins pire. De Gaulle n'a pas envie de venir dans les bras des parachutistes. Les politiciens de droite, de gauche ou du centre n'ont pas envie que cela se termine par une dictature. Donc ils rallieront de Gaulle, et tout se calmera.

— Possible.

— Probable…

Les premiers événements semblèrent donner raison à Jacques. De Gaulle répondit favorablement aux insurgés d'Alger en moins de quarante-huit heures :

La dégradation de l'État entraîne infailliblement l'éloignement des peuples associés, le trouble de l'armée au combat, la dislocation nationale, la perte de l'indépendance. Depuis douze ans, la France, aux prises avec des problèmes trop rudes pour le régime des partis, est engagée dans ce processus désastreux. Naguère le pays, dans ses profondeurs, m'a fait confiance pour le conduire tout entier jusqu'à son salut.
Aujourd'hui, devant les épreuves qui montent de nouveau vers lui, qu'il sache que je me tiens prêt à assumer les pouvoirs de la République.

Le communiqué du 15 mai ne suffit pas à faire céder la République. Le 24 mai, la menace du coup d'État s'accentua avec le débarquement des activistes à Calvi. Ils prirent le contrôle de la Corse en quelques heures, en attendant l'arrivée programmée de quatre régiments parachutistes sur Paris. Ils devaient s'emparer de l'Hôtel de Ville, la préfecture de Police, le centre régional des PTT, la tour Eiffel, la radio et la télévision, l'Assemblée nationale, le ministère des Affaires étrangères, la présidence du Conseil – pas l'Élysée, lieu secondaire de pouvoir, et dont l'occupant aurait pu, espéraient certains, donner une apparence de légitimité à la prise illégale du pouvoir. Le 27 mai, un second communiqué du Général arrête l'opération dite « Résurrection ».

J'ai entamé hier le processus régulier nécessaire à l'établissement d'un gouvernement républicain capable d'assurer l'unité et l'indépendance du pays. Je compte que ce processus va se poursuivre... Dans ces conditions, toute action, de quelque côté qu'elle vienne, qui met en cause l'ordre public, risque d'avoir de graves conséquences. Tout en faisant la part des circonstances, je ne saurais l'approuver. J'attends des forces terrestres, navales et aériennes présentes en Algérie qu'elles demeurent exemplaires, sous les ordres de leurs chefs : le général Salan, l'amiral Auboyneau, le général Jouhaud. À ces chefs, j'exprime ma confiance et mon intention de prendre incessamment contact avec eux.

Jacques n'avait pas tort : un coup d'État était bien en préparation, et de Gaulle commandait les militaires qui l'organisaient. Mais en dernier lieu, c'est Colette qui avait raison. Devant cette menace, la classe politique en place céda, et la République fut préservée. Elle changea seulement de numéro.

À la mi-décembre, Colette décida de partir, avec Micou, skier à Courchevel, une semaine avant que les enfants ne la rejoignent. Elle voulait obtenir son chamois d'or. L'épreuve du géant se passa sans problème. Ne restait plus que le slalom spécial. Un épais brouillard réduisait la visibilité. Colette s'élança, pleine de fougue et de confiance. Au moment de franchir la neuvième porte, elle comprit en quelques dixièmes de seconde qu'elle allait la percuter. Pour éviter le choc, elle l'arracha, mais tomba sur ce satané piquet de bois qui l'empala.

Colette ne perdit pas connaissance. La souffrance grimpait, minute après minute. Des secouristes surgirent très vite, l'arrimèrent sur leur luge et la descendirent précautionneusement jusqu'au bas de la piste. Aucun moyen de tenter de la soigner sur place. Le chef secouriste réquisitionna la DS de l'école de ski. Impossible cependant d'y faire tenir Colette avec le piquet qui lui transperçait le ventre de part en part.

— Il faut l'enlever, nous n'avons pas le choix.

— Je vous l'interdis, cela me tuerait, répondit Colette sur un ton qui n'admettait aucune contradiction. Vous n'avez qu'à scier le toit.

Elle avait réussi à le dire malgré les coups de poignard qui lui transperçaient le ventre. Micou s'avança et fit barrage de son corps devant sa belle-sœur. Les secouristes comprirent qu'ils ne pouvaient qu'obtempérer.

La DS transformée en ambulance de fortune mit une heure et demie pour rejoindre l'hôpital de Moûtiers, négociant moult virages en lacets aussi souplement que possible. Colette se mordait la main pour ne pas crier.

Le moniteur qui skiait parfois avec Colette et avait suivi l'épreuve finit par réussir à alerter Jacques, qui appela aussitôt Jean-Louis et partit le rejoindre à l'hôpital Necker, heureusement très proche de son bureau rue Martignac. Jean-Louis contacta le chirurgien de garde à Moûtiers. Il comprit, au son de sa voix, que c'était un très jeune homme.

— Je suis le professeur Jean-Louis Funck-Brentano, son beau-frère. J'imagine que vous avez un hélicoptère pour la rapatrier sur Paris.

— Elle n'est pas transportable.

— Écoutez, nous avons les meilleurs chirurgiens de France. Je veux qu'elle soit opérée à Cochin et j'assisterai moi-même à l'opération.

— Monsieur, je vous dis que votre belle-sœur n'est pas transportable. Le piquet est enfoncé en diagonale sur environ vingt-cinq centimètres. C'est déjà miracle qu'elle ait résisté au long trajet en voiture. Maintenant, moi seul peux la sauver, et je vais m'y atteler.

La fermeté de ce jeune médecin impressionna Jean-Louis.

— Eh bien, la voici entre vos mains.

Jacques rentra avenue Raymond-Poincaré. Il remplit rapidement un sac de voyage avec une trousse de toilette, un gros chandail et deux ou trois livres que Colette pouvait aimer, au cas où elle se remette bientôt à lire. Ce geste d'optimisme tranchait avec l'angoisse qui le rongeait. Au moment de quitter l'appartement, il croisa Marie, sans avoir le temps de cacher ses larmes.

— Mais, papa, que se passe-t-il ? Pourquoi tu pleures ?

— Parce que j'ai mal travaillé, lui répondit-il à brûle-pourpoint.

Hors de question d'informer les enfants tant que l'on ne savait si Colette s'en sortirait. Marie embrassa son père, se précipita dans sa chambre et, bouleversée d'avoir vu son père pleurer, se mit au travail.

Jacques avait pris le train de nuit, le premier disponible. Au petit matin, il arriva à l'hôpital, se précipita à l'accueil où on lui indiqua que sa femme était dans la chambre 212. Il grimpa les escaliers quatre à quatre. Une bonne sœur s'interposa, les bras en croix, et cria presque :

— N'avancez pas, madame se repose !

Jacques comprit : « Madame repose. » La croyant morte, il bouscula la bonne sœur, débarqua en trombe dans la chambre, et vit aussitôt Micou, souriante, lui signifier de ne pas faire de bruit.

— Elle dort, mais tout va bien. Le chirurgien dit qu'aucun organe vital n'a été atteint. Ce sera long. Il faudra réopérer dans quinze jours. Mais elle s'en sortira.

Jacques ne put contenir un flot de larmes, de bonheur cette fois.

Trois mois après, Colette fut réopérée à la clinique de la rue Georges-Bizet. Lorsqu'elle sortait de l'école, Marie se précipitait avenue Raymond-Poincaré jetait son cartable dans le réduit derrière l'ascenseur et repartait en courant jusqu'à la clinique pour retrouver sa mère. Rentrée chez elle, Colette marchait difficilement à cause de la cicatrice qui lui barrait le ventre. Marie l'aidait à s'en remettre en faisant chaque jour le tour du grand pâté de maisons : avenue Raymond-Poincaré, place du Trocadéro avec les odeurs de gâteaux en passant devant Carette, avenue Kléber où l'on retrouvait l'imposant immeuble de la Société Générale, rue de Longchamp avec la poste sur le trottoir de gauche, plein de commerçants sur celui de droite, et retour à la maison.

Colette et Marie partageaient une autre complicité, celle du bâton meurtrier. Il portait encore les traces de sang. Colette l'avait caché dans un placard.

— Il m'a porté malheur, il me portera chance.
Marie acquiesçait. Le reste de la famille s'offusquait.

Le 1er mai, Jacques fit le pèlerinage de Chartres. Dieu sait qu'il n'aimait guère marcher, mais il s'y était engagé si Colette s'en sortait.

Noël suivant, Colette skiait de nouveau.

1962

Ils avaient essayé à plusieurs reprises. Le 8 septembre 1961, au lieu-dit Pont-sur-Seine, les explosifs avaient manqué de puissance. Le chauffeur, Francis Marroux, avait accéléré à temps. « Quels maladroits ! » avait dit la cible. Rien ne les arrêterait. Ils abattraient « la grande Zohra ». L'OAS, Organisation armée secrète, créée en février 1961 par le général Salan et l'activiste Lagaillarde, depuis Madrid où ils étaient exilés, avait décidé d'exécuter le général de Gaulle.

L'indépendance de l'Algérie, acceptée par les accords d'Évian le 19 mars 1962, ratifiée par référendum, le 8 avril 1962 en France et le 1er juillet en Algérie, consacrée deux jours après, n'altéra pas la détermination des perdants de l'Histoire. Il fallait éliminer celui qui avait détruit l'unité de la nation en abandonnant l'Algérie et le plus d'un million de Français dont c'était la terre, souvent ancestrale, celui qui laissait massacrer les harkis ayant risqué leur vie pour la France par dizaines de milliers, comme il avait laissé égorger et assassiner des centaines de Français le 5 juillet à Oran, sans que la police et l'armée françaises interviennent. Bref, à leurs yeux, tout justifiait de tuer de Gaulle : ce tyran méritait le tyrannicide.

Le 22 août 1962, au carrefour du Petit-Clamart, un commando comptant une bonne quinzaine de membres et dirigé par le colonel Jean-Marie Bastien-Thiry, tira plus de cent cinquante balles dont plusieurs atteignirent la DS présidentielle. Le colonel Alain de Boissieu, gendre et aide de camp du Général, assis à l'avant, ordonna à son beau-père de se coucher. Si Charles et Yvonne ne l'avaient fait, ils seraient très probablement morts. Comme ils le seraient si le chauffeur, le même Francis Marroux qui conduisait lors de l'attentat de Pont-sur-Seine, n'avait accéléré tout en maîtrisant la voiture aux pneus crevés. « Cette fois-ci, c'était tangent », dit le Président en arrivant à la base aérienne de Villacoublay.

Quasi un mois plus tard, le 20 septembre, Jacques et Colette avaient retardé le dîner avec leurs enfants pour regarder et écouter à la télévision l'allocution du général de Gaulle :

> *Un des caractères essentiels de la Ve République, c'est qu'elle donne une tête à l'État* [...]. *Cependant, pour que le président de la République puisse porter et exercer effectivement une charge pareille, il lui faut la confiance explicite de la nation.*
> *Permettez-moi de dire qu'en reprenant la tête de l'État, en 1958, je pensais que, pour moi-même et à cet égard, les événements de l'Histoire avaient déjà fait le nécessaire.*

— Tu entends, Colette. L'immodestie de ce grand homme me sidérera toujours. Il considère qu'il incarne la légitimité nationale depuis juin 1940. Edgar, Mendès, la reconstruction du pays, les indépendances négociées en Tunisie et au Maroc, les débuts de la construction européenne, la croissance, la TVA, les progrès sociaux, tout ce que nous avons fait ne compte pas.

— Je sais, mais écoutons la suite…

La question serait très différente pour ceux qui, n'ayant pas nécessairement reçu des événements la même marque nationale, viendront après moi, tour à tour, prendre le poste que j'occupe à présent. Ceux-là, pour qu'ils soient entièrement en mesure et complètement obligés de porter la charge suprême, quel que puisse être son poids, et qu'ainsi notre République continue d'avoir une bonne chance de demeurer solide, efficace et populaire en dépit des démons de nos divisions, il faudra qu'ils en reçoivent directement mission de l'ensemble des citoyens.

— Il dit qu'aucun de ses successeurs ne sera jamais à sa hauteur.

— Il n'a pas forcément tort, Jacques… à part toi, bien sûr.

— Blague à part, il va institutionnaliser le pouvoir personnel.

— Est-ce un mal ?

— Je préfère avoir un Premier ministre britannique, qui rend compte en permanence devant le Parlement, qu'un caudillo à la Perón…

— Ou un président démocrate comme Roosevelt ou Kennedy ?

— Le pire n'est pas toujours sûr, le meilleur, rare. C'est une erreur de croire que l'élection par le peuple assure la qualité de l'élu. Pour un Roosevelt, combien de Harding, pour un Kennedy, combien de Hoover ? Et puis l'Amérique a une tradition démocratique et des contre-pouvoirs que nous ne connaissons pas. Chez nous, ce sera un nouveau bonapartisme.

— Le bonapartisme avait du bon.

— Au XIXe siècle, pas à la fin du XXe. Je crois qu'il est temps que je me lance en politique.

Quinze jours plus tard, de Gaulle justifia sa proposition dans une nouvelle allocution radiotélévisée :

Les attentats perpétrés ou préparés contre ma vie me font obligation d'assurer après moi [...] *une République solide, ce qui implique qu'elle le soit au sommet.*

Le lendemain, vendredi 5 octobre, le leader de la droite modérée, le très respecté Paul Reynaud, lui adressa, du Palais-Bourbon et par Premier ministre interposé, cette réplique cinglante :

Allez dire à l'Élysée que notre admiration pour le passé est intacte, mais que cette Assemblée n'est pas assez dégénérée pour renier la République.

Et par 280 voix sur 480, les députés votèrent la censure du gouvernement Pompidou, l'obligeant à démissionner. De Gaulle le renomma aussitôt et prononça la dissolution de l'Assemblée.

Jacques et Colette déjeunèrent le samedi suivant chez Edgar et Lucie Faure, dans leur bel appartement du bas de l'avenue Foch. Colette résista à des mets trop copieux, mais elle ne put convaincre Jacques d'en faire autant. Entre deux bouchées trop grosses d'escalopes de foie gras, il sonda son parrain sur la suite des événements.

— De Gaulle est loin d'avoir gagné son référendum. Il a contre lui les communistes, les socialistes, les mendésistes, les radicaux, les centristes, les droitistes, les fascistes, les juristes, les journalistes…

— D'accord, Edgar, tous les « istes » que vous voulez, vous pouvez même ajouter quelques gaullistes plus légalistes que légitimistes. Cela ne l'empêchera pas d'avoir le soutien du peuple. Il lui offre un pouvoir supplémentaire, le peuple le prendra. Les deux Bonaparte ont gagné tous leurs référendums. Le troisième gagnera le sien.

— Je crois que Jacques a raison, ajouta Lucie.

— Moi aussi, affirma Colette.

— Trois contre un, je m'incline. Mais les législatives qui vont suivre, ce sera une autre paire de manches. Vous devriez vous présenter dans le Jura, Jacques.

— Mais pourquoi pas vous, Edgar ?

— Parce que je siège au Sénat et que j'y suis bien.

— Ou parce que l'élection sera tout sauf assurée si de Gaulle gagne son référendum juste avant…

— Cela compte aussi. Vous me connaissez, Jacques, je peux être courageux pour des grandes causes, mais lâche pour des trop petites.

— Vous me suggérez de me lancer pour une petite affaire.

— Mais pas du tout. J'ai cinquante-quatre ans et je suis un homme politique reconnu depuis une bonne douzaine d'années. Vous venez d'avoir trente-huit ans, et il s'agirait pour vous de franchir le Rubicon pour passer de la haute fonction publique à la politique. Pour vous, il s'agit d'une grande affaire.

— Et si j'échoue ?

— Eh bien, vous continuerez à diriger le Centre national du commerce extérieur où vous excellez.

— Vous ne connaissez pas Pompidou. À l'instant où je serai candidat contre son député gaulliste, il me révoquera.

— J'aime que vous choisissiez le futur et non le conditionnel. En cette hypothèse, vous rejoindriez le Conseil d'État, qui vous saurait gré de vous y voir de temps en temps.

— Quelle chance me donnez-vous d'être élu ?

— Il faut vous présenter dans la circonscription du nord du Jura, celle de Dole. Le maire, Charles Laurent-Thouverey, est un radical de mes amis. Il vous aidera, comme le parti. Les socialistes vous soutiendront aussi, ils n'ont personne et aucune chance pour un candidat encarté chez eux. Il faudrait encore l'appui du MRP ; avec le Cartel des non, en voie de constitution, ce devrait être possible. Vous n'aurez alors plus contre vous que le communiste et le gaulliste sortant. Max-Pierre Montagne ne pèse pas lourd.

— Un sortant médiocre a souvent plus de chances d'être élu qu'un bon nouveau venu.

— Nous compenserons le mauvais effet du parachutage avec un suppléant enraciné. Je connais bien un viticulteur d'Arbois, idéal pour un tandem contrasté. Henri Jouffroy est lié avec tous les agriculteurs jurassiens ou presque. Et vous bénéficierez en plus des réseaux francs-maçons, qui pèsent, j'en fais mon affaire.

— Banco, je tente ma chance. Tu es d'accord, Colette ?

— À une condition.
— Laquelle ?
— Tu ne me forces pas à passer tous mes week-ends dans le Jura.
— Seulement durant le mois de la campagne.
— Tout le mois ?
— Non, les week-ends, avec les enfants.
— Tu te prends pour Kennedy.
— Non, mais je te prends pour Jackie.

Le samedi 20 octobre 1962, Jacques, Colette, Jérôme, Marie, Stéphane et Gilles descendirent du train en gare de Dole. Pierre Jeambrun, le fidèle bras droit d'Edgar Faure, les accueillit. Il était accompagné de deux jeunes amis qu'il présenta aussitôt :
— Pierre Talagrand, surnommé Tala, bien qu'il n'aille jamais à la messe. Aimé Niemaz, sans surnom, car très aimé, et qui ne rate jamais l'office de 11 heures à la Collégiale.
— Enchanté. Merci d'être venus. Très belle église gothique, répliqua Jacques, bien décidé à commencer sa campagne dès la première minute.
Jeambrun les déposa à l'hôtel de la Poste, proche du centre-ville. Jérôme s'indigna :
— Qu'est-ce que c'est que cet hôtel pisseux dans une rue crasseuse ?
— Je déteste ces phrases de gosse de riches, claqua Colette.
— Tu veux vraiment que je perde l'élection, pesta Jacques.
Jérôme s'excusa, et promit qu'on ne l'y reprendrait pas.

Jacques laissa Colette occuper les enfants et partit avec son guide politique déjeuner dans la brasserie Chez Marcel, lieu traditionnel de réunions ou agapes des francs-maçons. Il dégusta un steak avec des coquillettes, son plat préféré. La rencontre avec Henri Jouffroy se passa au mieux, même si Jacques adorait moins le vin d'Arbois qu'il n'en donna l'impression. Chacun admit qu'il ne devait en consommer qu'avec modération, vu les tâches qui l'attendaient. Ils s'accordèrent sur le slogan de campagne : « Pour le Jura, pour la France », ce qui résumait bien leur volonté de « jurassiser » le candidat et « nationaliser » l'électeur. Il fallait faire accepter le Parisien par les Comtois, tout en leur donnant un sentiment de fierté à l'idée d'être représentés par une forte personnalité.

Le café bu, Jacques passa dans une agence immobilière avec Aimé pour signer la location d'un deux-pièces rue des Arènes, au cœur de la ville. Tala prit la relève pour l'accompagner chez un vendeur de voitures d'occasion. Jacques dénicha une petite Simca 1 000 bleue dont l'immatriculation le convainquit d'effectuer l'achat sur-le-champ : 200 DM 39.

— Tu verras, Tala, dans trois semaines des milliers de Jurassiens connaîtront la 200 DM 39. Je vais sillonner le département avec. Et tenir une chronique dans mon journal de campagne intitulée « 200 DM 39 ». Trois parutions par semaine, récit de tous les meetings, toutes les rencontres. Un quatre-pages chaque fois. Une page de propositions pour le Jura, une de programme national, une pour la chronique DM et une de photos. Il faudrait trouver un journaliste ami pour maquetter tout cela.

— J'en connais un. Jacky Mandrillon. Il connaît le métier et fait de belles photos.

— L'idéal serait qu'il m'accompagne.

— Je l'appelle ce soir pour voir s'il peut prendre un congé et je te dis.

— Et pour l'imprimeur ?

— Celui juste à côté de chez toi, rue des Arènes, est très bien et pas cher.

Le soir, Jacques dîna avec le maire de Dole, Charles Laurent-Thouverey, dans le meilleur restaurant de la ville, celui de l'hôtel Chandioux, au coin de la place Grévy. Ils dégustèrent un poulet aux morilles arrosé de vin jaune, tout en étudiant les données politiques de l'élection.

— Bonne nouvelle : il n'y a que quatre candidats, contre six en 1958 lorsque le gaulliste Montagne m'a battu. Sans candidat socialiste, je serais arrivé largement en tête au premier tour et j'aurais pu l'emporter au second.

— Et la mauvaise nouvelle ?

— C'est qu'il y a un candidat MRP, l'avocat Pierre Grosperrin.

— Aïe, cela va sérieusement compliquer les choses.

— Tout dépendra de ce qu'il décidera pour le second tour.

Jacques rentra se coucher, un peu inquiet, à cause de cette candidature imprévue, mais content de tout ce qu'il avait accompli en moins d'une demi-journée. Le dimanche, toute la petite famille alla déjeuner chez les Jeambrun. Les enfants avalèrent rapidement leur steak-frites et profitèrent du beau temps pour jouer dans le jardin. Le fils Jeambrun leur dénicha des lance-pierres. Ils s'installèrent sur le mur bordant la rue et se mirent à tirer sur les passants. Colette s'en aperçut et arrêta leur jeu de massacre. Elle n'eut aucun mal à convaincre Jacques : il n'y aurait plus d'escapades jurassiennes pour ces garnements.

Les résultats du premier tour furent serrés : 13 666 voix pour le gaulliste sortant, 11 858 pour Jacques Duhamel, 10 615 pour le MRP Grosperrin et 10 206 pour le communiste André Barthélemy.

La tuile tomba le lendemain. Grosperrin se désistait en faveur de Montagne. Edgar appela Jacques :

— Vous avez 2 000 voix de retard. Et nous sommes en pleine vague gaulliste. C'est foutu. Rentrez à Paris.

— Je n'ai que 1 800 voix de retard. Ce n'est jamais foutu. Je vais me battre et je vais gagner.

La 200 DM 39 tourna à plein régime. Le désistement du démocrate-chrétien pour le gaulliste convainquit le candidat communiste de se retirer et d'appeler à voter Duhamel, d'autant qu'il n'avait, pensait-il, aucune chance.

47 479 votants au premier tour, 50 823 au second. Et ces nouveaux électeurs se prononcèrent massivement pour Jacques. Il devança le gaulliste sortant de 2 422 voix. En un mois, il venait de défier plusieurs lois de la science politique. Un parachuté peut être élu. Il le peut non seulement sans une vague nationale porteuse mais contre elle. Une défaite arithmétiquement écrite au premier tour peut être contredite par une dynamique personnelle au second.

Le 18 novembre, une partie des Jurassiens avaient porté le horsain Duhamel en deuxième position. Huit jours plus tard, une majorité d'entre eux l'adoptèrent. Ainsi naquit une belle histoire d'amour entre le nouvel élu et le baillage de Dole.

1964

La famille Duhamel-Funck était enfin réunie pour les vacances à Sanary. Jacques et Jean-Louis avaient rejoint femmes et enfants le samedi 25 juillet. Deux jours après, alors qu'il sirotait un pastis avant de passer à table, Jacques reçut un appel téléphonique du préfet du Jura.

— Une terrible catastrophe vient de se produire à Champagnole. Le mont Rivel vient de s'effondrer sur les galeries de la carrière des Cimenteries de Champagne. Une quinzaine de mineurs sont ensevelis.

— J'arrive.

Il empaqueta rapidement une trousse de toilette et quelques habits de rechange. Il embrassa les siens et fila dans la Versailles Chambord qu'il venait d'acquérir pour transporter tous les enfants jusqu'à la mer. Jacques avala les cinq cents kilomètres de nationale en moins de six heures, ne s'étant arrêté que pour faire le plein. Il y parvint bien avant la fin du jour.

Il faisait pire que nuit. Aux pluies diluviennes qui avaient provoqué la catastrophe à midi se mêlait l'épaisse grisaille des poussières du mont Rivel réduit à néant. Cette butte isolée de 250 mètres de hauteur, au-dessus de la vallée de l'Ain, avait explosé. Jacques rejoignit aussitôt le préfet, Pierre Aubert, et le maire de Champagnole, André Socié. Il connaissait bien l'un et l'autre. Pendant qu'il roulait, on en avait appris davantage sur les ensevelis. Ils étaient quatorze.

Le préfet, le maire et le député installèrent une tente au sommet de ce qui restait du mont pour leur servir de quartier général. Le plan Orsec avait été immédiatement déclenché. Des renforts de pompiers, gendarmes, soldats continuaient d'affluer, de Pontarlier, de Dole, de Besançon. Les premiers envoyés spéciaux des journaux, radios, télévisions affluaient. Il fallut renforcer le périmètre de sécurité pour laisser les bulldozers et tractopelles travailler. La zone sinistrée s'étendait sur 15 hectares. Les renseignements de l'équipe qui devait les relever permirent de supposer que les survivants, s'il y en avait, se trouveraient dans la galerie 30. Le géomètre de Champagnole se mit à l'œuvre avec son arpenteur pour tenter de la localiser sur l'amas de terre et de pierres. Ils piquetèrent le terrain ravagé pour délimiter ladite galerie. Des groupes électrogènes furent installés pour permettre une activité nocturne.

Le préfet, ses deux élus auprès de lui, s'entretint avec l'ingénieur des Mines Yves Martin, arrivé à 23 heures pour prendre en charge la direction technique des travaux. Deux opérations furent décidées, d'une part creuser à la verticale pour tenter de créer un conduit permettant le contact, d'autre part attaquer le flanc de la montagne effondrée à l'horizontale pour créer un entonnoir.

Jacques ne dormit pas une minute. La journée du lendemain imposa de nouvelles tâches. L'actualité de cette fin juillet étant particulièrement pauvre, le drame des mineurs mobilisait l'attention des médias. Les journalistes accouraient de toutes parts, y compris de l'étranger. Ils furent bientôt deux mille. Jacques s'occupa de les canaliser, leur aménageant un lieu dédié, des points de presse à heure fixe et des contacts en ville pour nourrir leurs reportages. Il consacra beaucoup de temps aux familles angoissées, entretenant l'espoir des uns et s'efforçant d'atténuer le pessimisme des autres. Sa tâche se simplifia, au moins pour un temps : à 22 heures, le sondage atteignit 72 mètres. Soudain, des coups répétés se firent entendre. Un des emmurés avait lu un livre sur la catastrophe de Courrières qui, en 1906, avait fait plus de mille morts dans une mine de charbon. Il avait appris que des survivants avaient utilisé une barre à mine pour taper dessus avec leurs pioches afin d'être repérés. En surface, les sauveteurs entendirent neuf coups successifs, répétés plusieurs fois. Il y avait donc des survivants, neuf survivants. On ne savait rien des cinq autres.

Au troisième jour, le nombre des sauveteurs s'élevait à six cents. Les engins de terrassement continuaient d'arriver, et avec eux de nouvelles foreuses sur camion, une sondeuse spéciale venue de Merlebach, des angledozers afin de creuser une tranchée. Des experts de toutes sortes venaient en renfort, les uns du Bureau de recherches géologiques et minières, afin d'évaluer les risques de glissements de terrain, les autres du Centre d'études nucléaires de Grenoble pour rechercher d'éventuelles anomalies magnétiques permettant de localiser les disparus au cas où ils auraient survécu. Les alentours de la cimenterie ressemblaient à un camp de réfugiés. Il avait fallu installer des sanitaires, un espace de restauration et tenter de mettre un peu d'ordre dans ce fourmillement. Cela, Jacques savait le faire, d'autant que le préfet Aubert, lui aussi déterminé à tout mettre en œuvre pour sauver ceux qui pouvaient l'être, ne lésinait pas dans la mobilisation des moyens de l'État. Son activisme exemplaire n'échappait à personne. De Gaulle avait demandé à être informé deux fois par jour.

Des tiges de forage avaient atteint la galerie. Elles permettaient de passer boissons et nourriture aux ensevelis. Après être resté soixante-quinze heures sans dormir, Jacques s'effondra de sommeil. Les habitants de Champagnole, et au-delà, les Jurassiens furent très impressionnés par le dévouement de leur jeune député.

Les jours suivants furent occupés à faire progresser sondages et forages d'un côté pour approcher des survivants, de l'autre pour tenter de localiser les cinq disparus. Les travaux avançaient lentement parce que des éboulements imprévisibles se produisaient ici et là. Un sauveteur fut tué par la chute de la pièce d'une grue.

Jacques s'efforçait de calmer les esprits lors des moments de tension, parfois grande, surtout lorsque les experts envisagèrent d'attaquer à l'explosif un flanc du mont détruit pour ouvrir un passage vers un possible refuge des disparus. Leurs camarades emmurés furent pris de panique, craignant que des explosions ne provoquent un éboulement fatal dans le tronçon où ils étaient réfugiés. Un journaliste relata le débat, ce qui envenima aussitôt l'atmosphère. En accord avec Jacques, le préfet imposa de renoncer à l'opération. Les ensevelis retrouvèrent leur sang-froid. Ils communiquaient régulièrement avec les sauveteurs qui avaient installé une liaison téléphonique à travers l'un des tubes reliant la surface à la galerie. Ainsi pouvaient-ils aussi échanger un peu avec leurs familles. On leur envoyait régulièrement de l'oxygène pur, les prélèvements analysés ayant indiqué qu'ils risquaient d'en manquer dans les 130 mètres de la galerie encore préservés.

Mais comment remonter les ensevelis ? Jacques utilisa ses contacts au Quai d'Orsay pour faire venir des spécialistes d'Allemagne. Ils arrivèrent en nombre, avec de précieux matériaux, notamment des nacelles pour tenter de hisser les survivants.

Le lundi 3 août, le principal forage, dénommé F1, fit une progression très importante. Une réunion décisive dut arbitrer entre les différents risques. Prolonger le tubage jusqu'au sol de la galerie pouvait provoquer l'éboulement de la voûte de percement ou la striction du trou. L'arrêter quelques mètres avant risquait de coincer les nacelles, en absence de guidage dans le vide. Les géologues insistèrent pour ne pas descendre le tubage jusqu'au bout, les spécialistes allemands de la nacelle plaidèrent avec force en sens inverse. Ils cédèrent lorsque fut convenu de prolonger la nacelle par un tube de même diamètre pour faciliter leur ascension.

À la sortie de la réunion, qui comme tous les matins à 10 heures se tenait en mairie, les familles des mineurs faisaient face aux responsables. Au premier rang, une mère et sa fillette s'étaient agenouillées. La fillette cria en pleurant : « *Sauvez mon papa.* » Jacques s'avança et la prit dans ses bras. Il lui murmura quelques paroles apaisantes.

Les emmurés contribuèrent aux ultimes travaux avec les matériaux transmis, en façonnant des gouttières pour protéger les lignes de liaison téléphoniques qui avaient été installées ainsi qu'une échelle de trois mètres. Quatre volontaires furent choisis pour descendre récupérer les survivants.

Le mardi 4 août, le forage fut interrompu à minuit. Le tubage commença à 3 heures. Le percement à 83 mètres de profondeur s'acheva à 13 heures. L'équipe chargée de piloter les opérations de remontée fut constituée des deux spécialistes allemands des nacelles avec un traducteur, un conducteur de treuil, deux techniciens, le tout sous la direction d'un ingénieur de la Schlumberger. Après plusieurs essais de descente et remontée de la nacelle, le volontaire Meynardi descendit et atteignit le fond à 17 heures. Les mineurs furent remontés un par un, un toutes les dix minutes, bras levés pour tenir dans l'étroit passage. Le contremaître Martinet en avant-dernier, à 18 h 45, et Meynardi à 19 h 15. Les neuf survivants étaient sauvés après neuf jours enfermés sous terre.

Jacques resta sur place les quatre jours suivants. Les témoignages des rescapés et les sondages dans différentes parties de l'éboulement confirmèrent que tout s'était effondré là où leurs camarades travaillaient et qu'ils étaient donc morts sur le coup ou très rapidement. Le vendredi 7 août, deux commissions, l'une médicale, l'autre technique, se réunirent et conclurent en ce sens à l'unanimité. Le samedi 8, à 6 heures du matin, le préfet ordonna l'arrêt des recherches. Avec Jacques et André Socié, ils durent l'annoncer aux familles des cinq qui n'avaient cessé d'espérer depuis la remontée de leurs neuf camarades.

Revenu à Sanary, Jacques se ressourça auprès des siens. Les problèmes familiaux lui semblaient bénins à côté du drame des mineurs de Champagnole. Les enfants se disputaient trop. Jérôme fut envoyé en pension, à Villard-de-Lans. Il en souffrit beaucoup, mais le cacha à ses parents. Marie apprenait à bien écrire, grâce à son professeur de français qui savait encourager ses élèves. Elle tenait son journal même en vacances. Stéphane était particulièrement fatigué. Jean-Louis diagnostiqua une mononucléose, qui fut confirmée, ce qui accentua son sentiment de mise à l'écart. Gilles restait dans l'adoration de sa mère qui le lui rendait bien.

Jacques était désormais adopté par les Jurassiens. Il avait également pris ses marques à l'Assemblée nationale. L'activité de député d'opposition ne lui suffisait pas. Et l'aggravation du conflit au Viêtnam le préoccupait. Il voulait tenter quelque chose.

Mendès France avait mis un terme à la guerre d'Indochine. Les États-Unis s'engageaient chaque mois un peu plus dans la guerre du Viêtnam. Dès la signature des accords de Genève, en juillet 1954, le gouvernement américain s'était immiscé dans cette région du Sud-Est asiatique en poussant les Français à désigner Ngô Đình Diệm chef du gouvernement alors qu'il s'agissait d'un anticommuniste farouche, peu disposé à mettre en œuvre le processus de paix. Soutenu par son tuteur de Washington, Diệm dénonça dès août 1955 les accords de Genève qu'il n'avait pas signés. Les Américains firent de même et refusèrent de reconnaître la république du Nord-Viêtnam. Tous écartèrent les élections libres, prévues en juillet 1956. Quatre-vingts pour cent des Vietnamiens voteraient pour le communiste Hô Chi Minh, pensait, non sans raison, le Président américain, Eisenhower. Il préféra donc soutenir Diệm et mettre en place une mission militaire américaine à Saigon, premier doigt dans l'engrenage de la guerre.

Jacques ne doutait pas que la réponse militaire ne résoudrait rien, tout au contraire. Comme beaucoup d'autres qui réfléchissaient un tant soit peu, il avait tiré très tôt les leçons des événements d'Algérie et compris que l'on pouvait gagner une guerre militairement mais la perdre politiquement.

Au Viêtnam, à l'abandon du processus de réunification par les élections, le régime du Nord répondit par la formation de maquis, l'infiltration de combattants par la piste Hô-Chi-Minh, les attaques de casernes. Les Américains y firent face par un engagement militaire croissant : quinze nouvelles missions militaires en 1959 et cinquante-sept bases américaines au Sud-Viêtnam à la fin de la présidence Eisenhower. L'arrivée de Kennedy à la Maison Blanche n'y changea rien, il confirma l'envoi de deux escadrilles de B26, deux compagnies d'hélicoptères et 15 000 militaires en 1961. À partir de 1963, plus personne ne pouvait ignorer que le Viêtnam était en guerre, les Américains subirent leurs premières pertes en janvier. Un premier moine bouddhiste, bientôt suivi par de nombreux autres, s'immola par le feu en plein Saigon. Diệm était tellement impopulaire que le gouvernement des États-Unis soutint sa destitution, juste avant qu'il soit assassiné. Les juntes militaires se succédèrent. Johnson, devenu président après l'assassinat de Kennedy, accentua les actions guerrières en ordonnant les premiers bombardements au Nord-Viêtnam.

Cette escalade consternait Jacques, qui ne doutait pas qu'au bout de l'histoire les Américains se retireraient et les communistes dirigeraient le pays. Combien de centaines de milliers de morts faudrait-il pour que tout le monde le comprenne ? La Maison Blanche pensait participer à une guerre civile, et s'engager pour la liberté.

En vérité, elle menait une guerre coloniale à rebours de l'Histoire. Chaque fois qu'une bombe américaine tuait un Vietnamien, elle faisait dix recrues pour le Viêt-minh. Jacques se dit qu'il fallait tenter d'arrêter cette folie.

Les autorités chinoises le connaissaient et l'appréciaient. En avril 1962, lorsqu'il dirigeait encore le Centre national du commerce extérieur, il avait conduit une délégation française à la foire de Canton alors que la République française n'avait pas de relations diplomatiques avec la République populaire de Chine. Deux ans après, il réactiva le contact alors noué avec le Premier ministre Zhou Enlai *via* l'ambassade chinoise qui venait d'ouvrir à Paris, à la suite de la reconnaissance de la RPC (République populaire de Chine) par de Gaulle. La réponse ne tarda pas, qui l'encourageait à participer à la délégation organisant une grande exposition française en septembre à Pékin. Il n'eut aucun mal à s'y faire accepter, vu le rôle précurseur qu'il avait joué dans les relations commerciales entre les deux pays. Le neveu du général de Gaulle était du voyage, en tant que… commercial technologique. Un beau matin, un coup de téléphone de l'ambassadeur Lucien Paye réveilla Colette et Jacques à leur hôtel :

— Dépêchez-vous de vous préparer, nous partons dans une heure pour Hangzhou, où Mao se trouve dans sa résidence d'été.

— Nous y allons comment ?

— En avion, évidemment. C'est à mille trois cents kilomètres.

Face à Mao et son interprète, ils se retrouvèrent sept Français : Bernard de Gaulle, Lucien Paye, Guillaume

Georges-Picot, deux journalistes, Jacques et Colette. Assez vite, Jacques se lança dans un tête-à-tête avec Mao. Ce dernier lui donna une leçon de dialectique dont en vérité il n'avait guère besoin.

— *Là où les États-Unis sont venus il y a peut-être quelques bons aspects. Est-ce que vous savez comment nous avons emporté la victoire ? Parce que la Chine était une région malheureuse. Nous avions une alliance avec Tchang Kaï-chek pour combattre les seigneurs de la guerre poussés par l'impérialisme anglais. Mais après cette alliance Tchang Kaï-chek sentait qu'il y avait trop de communistes et à cause de cela il en a massacré un grand nombre. Et derrière Tchang Kaï-chek il y avait les Anglais, les États-Unis, et je ne sais pas si derrière, il y avait le gouvernement français. Alors le fait que Tchang Kaï-chek a massacré les communistes, est-ce une bonne chose ou une mauvaise ? Il a très bien fait, car en massacrant il nous a donné des leçons pour prendre les armes pour combattre. Il nous a donné des raisons pour combattre. Et le combat a duré dix ans. À l'époque 90 % des cadres ne savaient pas comment se battre. Par exemple, moi-même ainsi que Zhou Enlai, Liu Shaoqi, Chen Yi, tous ces gens-là n'avaient jamais appris l'art de la guerre. C'est pourquoi nous devons remercier la Grande-Bretagne, les États-Unis et Tchang Kaï-chek pour nous avoir appris des choses fondamentales.*

Jacques comprit très bien où Mao voulait en venir, mais n'eut pas l'impertinence de le lui dire.

— *Alors voyez dans le Pacifique : au Japon, au Sud-Viêtnam, à Taïwan, en Inde, en Thaïlande partout il y a des bases militaires américaines.*

Et les États-Unis sont là pour éduquer les populations pour qu'elles se dressent et combattent. Voilà des régions malheureuses et ce sont aussi des sources de régions heureuses, n'est-ce pas là votre avis ? Est-ce que vous croyez que le jour ne viendra pas où les Américains seront forcés de rentrer chez eux ?

— La France est favorable à une solution pacifique, fondée sur la neutralisation.

— Vous avez parlé d'une bonne façon et vos paroles sont puissantes. Vous avez dit qu'il ne fallait pas que les États-Unis combattent les Chinois. Vous avez dit que la France avait l'expérience de combattre dans cette région et que si les États-Unis combattaient cela serait un deuxième Diên Biên Phu pour eux. Les États-Unis n'ont pas encore votre expérience. Bien entendu les États-Unis ne voudraient pas écouter vos paroles.

— Est-ce qu'une solution pacifique est possible ?

— Elle est peut-être possible. Il faut combattre jusqu'à ce que les Américains ne veuillent plus combattre.

Mao confirmait ce dont Jacques ne doutait pas. La guerre pouvait s'arrêter à condition que les Américains comprennent qu'ils ne la gagneraient jamais.

Restait à vérifier que les Nord-Vietnamiens étaient sur la même ligne. Sur le chemin du retour en France, Jacques s'arrêta à Hanoï. Fort de son entretien avec Mao, il obtint un rendez-vous avec le Premier ministre Phạm Văn Đồng. À la question clé de l'acceptation d'élections libres en cas de départ des militaires américains, il ne reçut qu'une réponse évasive laissant entendre que c'était encore possible si un tel départ avait lieu rapidement.

De retour à Paris, Jacques appela à la direction de *Paris Match* son ami Hervé Mille et lui demanda de publier la photo de Colette trinquant avec Mao pour le jumelage de Hangzhou avec Dole. Il avait eu le culot de proposer cela en fin de repas, et le Grand Timonier avait accepté de relier la capitale de la province du Zhejiang et ses millions d'habitants avec une commune de 27 000 âmes ! *Match* publia la photo, et le jumelage n'eut pas d'autre suite…

Si Jacques ne négligeait jamais ce qui pouvait valoriser sa terre d'adoption jurassienne, il n'en tenta pas moins de creuser le sillon pacifique qu'il pensait avoir ouvert en Asie. Il entreprit donc un voyage aux États-Unis, où il ne tarda pas à déchanter. Il n'obtint même pas le rendez-vous qu'il voulait avec Lyndon Johnson. Son ami Pierre Salinger tenta de le consoler :

— Ce Texan est un abruti et un guerrier. Tu n'aurais rien pu en tirer. En revanche, je vais te faire rencontrer Bob Kennedy, et tu pourras semer ta graine de la paix.

Jacques revint à Paris plein d'amertume. Il méditait l'étrange paradoxe : lui, homme du centre gauche, anticommuniste, proaméricain, avait été entendu et approuvé par Mao mais ne pouvait être seulement écouté par le président des États-Unis.

Lorsqu'il le pouvait, Jacques rentrait du Jura le samedi soir. Ainsi pouvait-il emmener femme et enfants à Louveciennes, dans la magnifique propriété que le journal *France-Soir* mettait à disposition de son patron, Pierre Lazareff. L'homme menait grand train, ce que permettait le succès du quotidien qui vendait plus d'un million d'exemplaires. À une vingtaine de kilomètres de la capitale, il recevait le Tout-Paris politique et artistique. Georges Pompidou y croisa François Mitterrand, venu avec son beau-frère et complice Roger Hanin, lequel aimait jouer à la belote avec Françoise Arnoul… Pierre et Hélène Lazareff, la créatrice de *Elle*, aimaient beaucoup Jacques et Colette et leur octroyaient le privilège de venir avec leurs enfants. Ces derniers adoraient l'escapade dominicale. Elle commençait par le jeu du hasard. Les enfants devenaient les rois. Ils commandaient le chemin à leur père, lui intimant de tourner tantôt à droite, tantôt à gauche. Il faisait parfois mine de ne pas avoir entendu à temps afin de quand même avancer vers la destination. Jérôme n'était pas dupe, les trois autres, si. À Louveciennes, une vingtaine d'adultes déjeunait sur la très grande table de la salle à manger, les quatre enfants Duhamel sur une petite table ronde dans la même pièce, avec Patrick, le fils des Lazareff. Une fois les desserts engloutis, ils se précipitaient dans l'immense jardin sans attendre la fin du repas des adultes. Les grands jouaient au tennis, les petits à cache-cache. Le goûter les ravissait tous, avec ses éclairs au café, ses macarons de toutes sortes, et, surtout, cette possibilité de se resservir à volonté.

Pour le chemin du retour, plus question de jeu du hasard, tous étaient pressés d'arriver avenue Raymond-Poincaré. Jacques racontait souvent à Colette ses derniers faits et gestes. Jérôme et Marie n'en rataient pas une miette. Ils bénéficièrent donc du récit détaillé de sa tentative pacifiste, Jacques remémorant à Colette l'étonnante rencontre avec Mao avant de lui raconter les étapes à Hanoï puis Washington où elle ne l'avait pas accompagné. Jérôme et Marie ne purent cacher leur admiration.

— C'est formidable que tu aies essayé, papa, lui dit sa fille.

— Et qui sait, cela servira peut-être un jour, ajouta son aîné qui adorait les prévisions.

1965

« Pour le Jura, pour la France », proclamaient ses affiches. Dans le Jura, Jacques passait tous les vendredis et samedis, prolongeant parfois le dimanche. Pour la France, il fallait s'impliquer dans la politique nationale. Son arrivée à l'Assemblée nationale lui facilita la tâche. Il avait décidé d'y siéger dans un nouveau groupe du centre gauche laïc, le Rassemblement démocratique, aux côtés de son vieil ami François Mitterrand et de son nouveau copain, le truculent Maurice Faure, qui prit la présidence du groupe. Pas question pour lui de rejoindre, sur sa droite, le Centre démocratique, truffé de MRP – ce parti démocrate-chrétien dont le candidat dans le Jura avait trahi le Cartel des non à de Gaulle en ralliant le gaulliste sortant. Pas question non plus d'intégrer, sur sa gauche, le groupe socialiste, malgré sa sympathie pour Gaston Defferre, qui le présidait, et notamment à cause de son antipathie pour Guy Mollet, qui le contrôlait.

Jacques avait compris que l'élection présidentielle pouvait offrir l'occasion d'une transformation profonde du paysage politique français. L'arrivée du général de Gaulle au pouvoir avait bouleversé la droite, la dotant d'un nouveau parti affaiblissant tous les autres, l'UNR – Union pour la Nouvelle République. Face à lui, seul le parti communiste faisait le poids. Or, tout opposé qu'il fût à la guerre conduite par les Américains au Viêtnam et au colonialisme en général, l'attachement viscéral de Jacques à la liberté nourrissait une incompatibilité totale entre lui et les communistes. Antiraciste, anticolonialiste, progressiste, donc de gauche, mais résolument anticommuniste, ainsi se définissait-il. Il s'accorda donc parfaitement avec son ami Jean-Jacques Servan-Schreiber lorsque ce dernier lança l'aventure de Monsieur X.

L'Express fabriqua en effet une magistrale opération de marketing, point de départ d'une autre, politique celle-ci. Jean-Jacques Servan-Schreiber avait aidé à porter Pierre Mendès France au pouvoir dix ans plus tôt. Cette fois, il était décidé à faire le prochain président. Pas question cependant de dévoiler le nom de l'heureux élu, il fallait d'abord créer l'envie, l'envie de lui, et l'envie d'acheter le journal. Le 19 septembre 1963, Jean Ferniot, beau-frère de Jean-Jacques, publia son premier article sur Monsieur X.

Monsieur X, pas un politicien d'appareil :

Mèneront à ses côtés la « campagne » : quelques politiciens, mais surtout des syndicalistes, des industriels, des hauts fonctionnaires, des journalistes, des universitaires.

Modeste, mais porté par les circonstances :

Il ira à la bataille, non parce qu'un matin il s'est dit « pourquoi pas moi ? », mais parce que les circonstances auront fait de lui, et même contre son gré, le mieux placé, le meilleur candidat possible, face à de Gaulle.

Moderne, entouré d'experts :

Monsieur X a des « orientations », ses amis ont des « dossiers ». [...] *Il sait écouter et il sait foncer.*

Un Kennedy français :

Bien entendu, Monsieur X a lu le livre de Ted White, qui relate dans tous ses détails la campagne de J. F. Kennedy. Il a beaucoup appris.

Avec lui, les progressistes contre les conservateurs :

N'est-ce pas justement l'occasion exceptionnelle, le moment historique à saisir ? L'événement peut enfin permettre aux deux grandes tendances de l'esprit public, parti du mouvement et parti de l'ordre établi, de se séparer.

Le 9 octobre 1963, *Le Canard enchaîné*, comme souvent bien informé et comme toujours amateur de calembours, titrait : « Monsieur X, l'homme au masque Defferre ». Et le 18 décembre, le maire de Marseille se déclara candidat à la présidentielle.

Jacques était dans la confidence et avait décidé de le soutenir. Parce qu'il estimait l'homme, bien sûr. Mais plus encore parce qu'il adhérait pleinement à son projet de grande fédération, du centre droit aux socialistes, en passant par les démocrate-chrétiens et les radicaux. Il n'appréciait pas le césarisme gaullien, mais pas plus le corporatisme des vieux partis. Defferre ouvrait la voie de la grande transformation nécessaire.

Un peu avec François Mitterrand, beaucoup avec Maurice Faure, il travailla à la fusion des centres, qui devait, à ses yeux, former le noyau de la future fédération des démocrates. Jacques se fit repérer au congrès d'Arcachon, tenu par le groupe Rassemblement démocratique en septembre 1964. Responsable des documents préparatoires, il prôna un élargissement immédiat du Parti radical, le soutien à la candidature Defferre et la préparation d'un grand parti démocrate à la française. Cela lui permit de prendre la parole dès le premier jour et de se faire acclamer. Entre deux parties de golf, Mitterrand jouait le jeu, malgré son scepticisme sur un regroupement mariant la carpe socialiste et le lapin démocrate-chrétien, et son arrière-pensée, qu'il garda pour lui, d'une alliance pouvant aller à gauche jusqu'aux communistes.

Tout commença bien pour Gaston Defferre. Les socialistes l'investirent, malgré l'hostilité de leur secrétaire général, Guy Mollet, qui souhaitait une candidature apolitique, du genre docteur Schweitzer – il en formula l'hypothèse – pour bien marquer le rejet de principe d'une élection directe du président de la République. Le MRP démocrate-chrétien apporta à son tour son soutien. Defferre ne voulait cependant pas se contenter de ces appuis, qui évitaient aux partis établis de risquer une déroute en présentant leurs chefs à la présidentielle. Il engagea des négociations pour la création de la grande Fédération, indispensable à ses yeux pour construire une future majorité, et, au-delà, se substituer aux vieux partis politiques.

Ces derniers n'avaient cependant aucune intention de disparaître, fût-ce par étapes. L'avant-dernière séance de négociation se déroula dans l'appartement de l'avenue Raymond-Poincaré. Jérôme et Marie, que la politique passionnait, écoutaient à la porte de l'office jouxtant la grande salle à manger. Marie, qui aimait la presse, descendait toutes les demi-heures au rez-de-chaussée pour raconter aux journalistes massés dans la cour de l'immeuble les bribes d'échanges très vifs qu'elle avait pu saisir. Peu nombreux étaient autour de la table ceux qui espéraient aboutir : Jean-Jacques Servan-Schreiber, qui avait inventé Monsieur X, deux professeurs, les deux Georges, Lavau et Vedel, qui représentaient chacun un club, Jacques, pour le Rassemblement démocratique, et, bien sûr, Defferre. Mais chaque fois que l'on progressait vers un compromis, le MRP Joseph Fontanet lançait :

— Bien entendu, il n'est pas question de toucher à l'enseignement privé.

Il n'en fallait pas plus pour que radicaux et socialistes bondissent.

Et lorsque Fontanet se taisait, c'est Guy Mollet qui lançait :

— Il nous faut fixer la liste des nationalisations indispensables.

C'était alors au tour des modérés de dénoncer une provocation.

Les deux principaux partis engagés dans l'opération s'appliquaient à la ruiner. Ils y parvinrent sans mal. La dernière réunion eut lieu le 18 juin 1965. L'échec fut définitivement entériné. Jérôme et Marie étaient allés faire le pied de grue devant l'immeuble de l'ultime négociation, par passion – politique chez lui, journalistique chez elle. Gaston Defferre aurait pu passer outre, se présenter, fort des soutiens acquis, et en cas de beau résultat électoral, reprendre son bâton de pèlerin, qui aurait sérieusement grossi. Il ne s'y résolut point.

Trois mois plus tard, François Mitterrand profita du vide. Personne ne voulait se présenter. Mendès France refusait pour des raisons de principe, puisqu'il condamnait totalement l'élection populaire du président. Les autres se défilaient, tant le triomphe du général de Gaulle semblait écrit d'avance. Tous pensaient, et les spécialistes de la politique avec eux, qu'il serait élu dès le premier tour par au moins deux tiers des votants. Personne ne comprenait que ce type d'élection n'avait pas grand-chose à voir avec les référendums que de Gaulle gagnait haut la main, sur un mode plébiscitaire. Personne, sauf Mitterrand. Il obtint sans trop de mal le soutien des communistes et des socialistes, persuadés qu'ils ne risquaient pas grand-chose avec un aventurier solitaire qui de surcroît se ferait laminer.

Les centristes ne pouvaient être derrière un candidat soutenu par les communistes. Ils cherchèrent donc un homme – une femme n'était pas imaginable – prêt à se sacrifier. Maurice Faure, président du Parti radical, refusa. Antoine Pinay, un des rares anciens chefs du gouvernement de la IVe République encore estimé, déclina. Louis Armand, très respecté ancien président de la SNCF, se déroba. Et finalement ce fut le président du MRP, Jean Lecanuet, maire de Rouen, agrégé de philosophie, qui se dévoua.

Jacques fit sa campagne. Sans enthousiasme, mais sans retenue. Il écrivit des discours. Il prêta sa bibliothèque, dont la photographie servit de fond d'écran pour les allocutions télévisées de Lecanuet. Un œil attentif, loupe aidant, aurait pu y repérer une belle édition des *Mémoires de guerre* du général de Gaulle, sans savoir qu'en plus ils étaient dédicacés et avaient été reliés par… Danielle Mitterrand, amie de Colette. Les trois principaux candidats figuraient ainsi dans la même image.

De Gaulle se retrouva en ballottage. Objectivement, il aurait pu se réjouir de ses 45 %. Subjectivement, ce fut vécu comme un échec. Lecanuet appréciait de l'avoir affaibli, grâce à ses 16 %. Mitterrand exultait d'avoir recueilli 32 % des suffrages exprimés et de se retrouver au second tour dans un duel qui, *de facto*, faisait de lui le premier opposant au Général. Quant à ce dernier, il déprima et tarda à revenir de Colombey. Plusieurs de ses proches soutiens craignirent même qu'il n'y restât. L'idée de voir Mitterrand prendre sa place lui permit de se reprendre, revenir, l'emporter.

1967

Jacques s'activait à l'Assemblée nationale. 1967 l'avait propulsé sur le devant de la scène. Bien aimé des Jurassiens, il fut facilement réélu, malgré l'étroitesse de son espace politique, coincé entre la majorité gaulliste sur sa droite et, sur sa gauche, la puissance montante de la Fédération, dirigée par Mitterrand et alliée aux socialistes. La circonscription de Dole était duhamélienne, mais le pays n'accordait guère de place au centrisme d'opposition. Le Centre démocrate, créé par Lecanuet au lendemain de la présidentielle, avait beau agglomérer au MRP des indépendants et des radicaux, il n'obtint pas assez de députés aux législatives de mars 1967 afin de franchir le seuil des trente requis pour constituer un groupe parlementaire. Il fallut donc inventer autre chose. Jacques s'en chargea et parvint à réunir une quarantaine de députés, des hommes jeunes, le plus souvent maires, élus en triangulaires parce que appréciés dans leurs fiefs, aux appartenances ou antécédents politiques divers, MRP catholiques ou radicaux laïcs, voire indépendants pas conservateurs et rétifs à Giscard. Ils partageaient quelques grandes convictions, fervents de la construction européenne et des libertés, ce qui les opposait au gaullisme et au communisme.

Jacques convia avenue Raymond-Poincaré les plus notoires, Aymar Achille-Fould, Eugène Claudius-Petit, Joseph Fontanet, René Pleven, Pierre Sudreau, afin de trouver un nom pour le groupe. Au bout d'une heure, il sortit de la salle à manger et croisa sa fille Marie qui revenait du cinéma avec Pierre Wiazemsky. Il leur annonça, très content :

— Nous avons trouvé le nom du groupe parlementaire : Progrès et démocratie.

— Progrès et démocratie ! Mais ça fait PD, dit Pierre en riant.

— Tout le monde va se moquer de vous, ajouta Marie.

— Merde, on n'y a pas pensé, répliqua Jacques.

Il rattrapa les premiers partants sur le palier. Revenus autour de la grande table de la salle à manger, ils ressortirent dix minutes plus tard. Le groupe reçut son nom définitif : Progrès et démocratie moderne. PDM.

Les jeunes admirateurs de Che Guevara venaient de rendre un sacré service à un petit lot de députés centristes…

Les discussions politiques avenue Raymond-Poincaré étaient de plus en plus passionnées. Jérôme trouvait les centristes trop à droite, son père excepté, et regardait du côté de Mendès. Il avait créé l'AJCE, l'Association des jeunes pour la connaissance de l'État, qui invitait notamment des hommes politiques. Ses amis et lui avaient été sidérés lorsque, avant les élections législatives de 1967, Alexandre Sanguinetti, alors responsable gaulliste, ministre, avait déclaré qu'en cas de victoire des oppositions de Gaulle pourrait recourir aux pleins pouvoirs de l'article 16. Un journaliste du *Monde* qui avait assisté à la réunion reprit les propos de Sanguinetti, ce qui valut à l'association notoriété et tourments. La diriger devenait un enjeu. Gérard Miller, un de ses membres actifs, tenta d'évincer Jérôme et son équipe – sans succès.

De son côté, Marie, qui ne ratait aucune des réunions de l'AJCE, avait été scandalisée par la déclaration du dirigeant gaulliste, qui ne contribua pas peu à la gauchiser.

— Tu te rends compte, papa, les pleins pouvoirs au président si l'opposition devient majoritaire à l'Assemblée. C'est bien la preuve que nous vivons en dictature.

— On voit, ma chérie, que tu n'as jamais subi une vraie dictature. C'est surtout la preuve que ce brave Sanguinetti est un Corse un peu sanguin qui ne contrôle pas toujours ses propos.

— En tout cas, tu ne vas pas rallier de Gaulle ?

— Mais non. Tu sais ce qu'il m'a dit hier, quand je l'ai salué à l'entrée du dîner officiel auquel nous étions conviés, ta mère et moi ?

— Non, quoi ?

— *Alors, Duhamel, pas trop froid dans le Jura ?*

— Tu vois, il essaie de t'attraper.

— Il a surtout de l'humour.

Marie ne suivait pas seulement la politique en France. Comme Jérôme, elle dévorait *Le Monde* tous les jours. Le 10 octobre 1967, elle apprit que Che Guevara avait été tué la veille par des soldats boliviens. Elle se précipita chez son oncle Jean-Louis dès qu'elle le sut rentré siroter son whisky et lui annonça fébrilement la nouvelle.

— Dérisoire, lui répondit-il, avec ce plaisir qu'il prenait à provoquer sa nièce bien-aimée.

— Comment peux-tu dire une chose pareille ? C'est un espoir de libération qui disparaît en Amérique latine.

— Pour la libération, j'en doute. Surtout, sa tentative d'embraser le continent a totalement raté.

— Question de temps.

— Si tu as raison, d'autres se lèveront qui reprendront le flambeau. Mais ça m'étonnerait. En attendant, concentre-toi sur tes études. C'est la priorité. Il faut comprendre le monde pour le transformer.

Un mois après, Marie se révolta en apprenant que le Français Régis Debray, qui avait rejoint la guérilla du Che, était condamné à trente ans de prison, après un procès bâclé. Elle vit dans son journal – enfin celui de Jérôme qui avait fini par le lui passer une fois sa lecture quotidienne du *Monde* finie – qu'un meeting de soutien se tiendrait à la Mutualité. Elle ne savait même pas où cela se trouvait. Elle décida pourtant d'y aller. Seule : elle n'appartenait à aucun mouvement politique et n'avait pas d'ami encarté. Pierrot était de gauche, mais tendance farceur. Anne Wiazemsky tournait *Au hasard Balthazar* pour Robert Bresson, avant tout catholique. Quant à Jérôme, il avait refusé de l'accompagner.

— Mais c'est la dictature bolivienne, aux ordres des Américains, qui l'a condamné.

— Je ne soutiens ni elle ni eux, au contraire. Mais pas davantage Cuba, où Castro, Guevara et autres Cienfuegos ont transformé une révolution populaire en dictature.

— Pas pour les enfants qui sont enfin alphabétisés. Pas pour les pauvres tombant malades qui sont enfin soignés.

— Les opposants sont arrêtés, exécutés ou emprisonnés. Rien à voir par exemple avec le Chili dirigé par le démocrate-chrétien Frei.

— Sauf qu'au Chili ni l'éducation ni les soins ne sont gratuits.

— Certains, si.

— La plupart, non.

— Enfin, tout le monde admet que Cuba subit un régime dictatorial.

— Pas moi. Je dis que c'est une semi-démocratie, grâce à la santé et à l'éducation, et une semi-dictature, faute de libertés publiques. Et le Chili ou la Colombie, l'inverse. Tous et toutes des semi…

— Sauf dans notre petite Europe, où nous bénéficions des deux, les droits politiques et les droits sociaux.

— Contre Franco ou Salazar, au moins nous sommes d'accord.

Sur ce, Marie se rendit seule à la Mutualité, découvrant d'ailleurs qu'elle était passée très souvent juste à côté, chaque fois qu'elle avait rejoint la gare de Lyon par le bus 63. Elle adorait ce côté puzzle de Paris : lorsqu'elle se rendait dans un nouvel endroit, elle pouvait le relier à un autre morceau de la ville.

Marie décida ensuite de passer Noël 1967 seule à Sanary. Le soir de son départ en train de nuit, Jacques vint l'embrasser dans sa chambre. Il regarda les livres qu'elle mettait dans sa valise : Régis Debray, *Révolution dans la révolution*, Rudi Dutschke, *Écrits politiques*. Il ne fit pas de commentaires, tout en se demandant où cela mènerait sa fille chérie.

1968

Colette passa les vacances de Noël avec son amie Claire Wiazemsky et leurs enfants dans un petit hôtel à Megève au pied du téléphérique du mont d'Arbois. Seule Marie, partie à Sanary, manquait à l'appel. Anne, la fille aînée de Claire Wiaz, était devenue la compagne de Godard. Il en avait fait l'actrice principale de *La Chinoise* un an auparavant. Le cinéaste détonnait un peu dans cette *familia grande* d'adolescents autour de leurs deux mères. Il fut cependant très prévenant et calme, à une exception près. Un soir qu'ils étaient descendus au centre-ville pour voir un film, Pierre Wiaz, le frère d'Anne, parla fort dans la queue contre les Américains qui avaient tué Guevara et enfermé Debray. Un sexagénaire s'en offusqua méchamment :

— Petit idiot, vous oubliez qu'ils nous ont libérés, les Américains.

— Vieux con, tu n'as pas à parler comme ça à un jeune homme. Et aujourd'hui, ce sont les Américains les ennemis de la liberté en Amérique latine.

— Vous n'êtes qu'un grossier personnage et un communiste, répliqua-t-il en bousculant Godard.

Cela faillit finir en bagarre générale.

Début janvier, Marie, qui était en première année de sciences économiques à Nanterre, assista pour se distraire à l'inauguration de la piscine universitaire par le ministre de la Jeunesse et des Sports. Bien lui en prit car le spectacle valut la peine. Un jeune étudiant rouquin dont un copain lui dit qu'il s'appelait Daniel Cohn-Bendit, mais que tout le monde appelait Dany, interpella le ministre :

— *J'ai lu votre livre blanc sur la jeunesse. Six cents pages d'inepties ! Vous ne parlez pas des problèmes sexuels des jeunes.*

— *Si vous avez des problèmes de ce genre, je vous conseille de plonger dans la piscine.*

Hurlements des étudiants présents. Échauffourées. La cérémonie fut abrégée.

Le soir même, Jacques dînait à la maison avec ses enfants. Marie fit un récit exalté de cette journée peu ordinaire. Jérôme se moqua de sa sœur.

— Ce n'est qu'un chahut d'étudiants. Ce qui compte, c'est de réformer l'université, comme Mendès le propose. Pas de râler sur la non-mixité des résidences universitaires.

— Tu es vraiment vieux jeu avec ton Mendès et tes réformes technos.

Colette trouvait toujours que Jérôme et Marie se disputaient trop. Jacques s'en amusait. Cependant, cette irruption de la politique à l'université par une voie inattendue l'intrigua.

À l'arrivée du printemps, Nanterre s'agita sérieusement. Le 20 mars, à l'issue d'une manifestation « pour la victoire du peuple vietnamien et contre l'impérialisme américain », un groupe d'étudiants saccagea le siège d'American Express, à côté de l'Opéra. Six d'entre eux furent arrêtés, dont un Nanterrois. Le 21 mars, une soixantaine d'étudiants pénétrèrent dans les pavillons de la Cité U réservés aux filles, ce qui était interdit. Seules ces dernières avaient le droit d'aller chez les garçons. Le 22 mars, Marie assista à l'assemblée générale qui réunit plus de six cents étudiants. Ils décidèrent d'occuper le huitième étage du bâtiment administratif qui dominait les autres constructions réservées aux cours. Un manifeste fut adopté appelant à « *rompre avec des techniques de contestation qui ne peuvent plus rien* », à se lever contre l'impérialisme, le capitalisme et contre la répression policière et sexuelle. « *À chaque étape de la répression nous riposterons d'une manière de plus en plus radicale.* » Le mouvement du 22 mars venait de naître, et, avec lui, le printemps étudiant d'éclore. Six jours après, le doyen Grappin commit l'erreur de suspendre les cours. Dany et ses amis en profitèrent pour multiplier les débats dans les amphis. Rudi Dutschke, un des leaders de la contestation en Allemagne, vint porter la bonne parole révolutionnaire. Marie était impressionnée de voir celui dont elle avait lu le livre trois mois auparavant.

Ses parents l'envoyèrent comme chaque année à Berlin pour se perfectionner en allemand. Cette fois, ils le firent à Pâques et non l'été, car la famille qui l'accueillait régulièrement depuis cinq ans n'avait que cette disponibilité. Ils ne s'attendaient pas à la retrouver plongée dans le chaudron de la révolte étudiante.

Dès 1963, elle était tombée amoureuse d'un Berlinois. Christopher, qui avait six ans de plus qu'elle, avait lui aussi éprouvé un coup de foudre à leur première rencontre. Marie était alors trop jeune pour faire plus que flirter. Chaque année, Christopher allait un peu plus loin avec elle dans les caresses.

En avril 1968, il accepta enfin de faire vraiment l'amour. Parallèlement, il entraîna Marie dans les assemblées générales tumultueuses de la *Freie Universität*, l'Université libre de Berlin. Rudi Dutschke animait la plupart d'entre elles avec sa passion anti-autoritaire. Marie ne comprenait pas tout. Les mots-clés ne lui échappaient cependant pas.

Imperialismus. Napalmmörder. Neuer Fascismus. Mobilisation. Professoren Idioten. Neue Strategie. Internationale Revolution. Politisierung. Studentenprotest. Stalinismus. Stanilistische Infiltrationen. Mit Fidel, Che und anderen.

Elle aimait surtout qu'ils ne combattent pas seulement le capitalisme si sauvage mais aussi le stalinisme si répressif.

Le 11 avril, un jeune manœuvre tira à trois reprises sur Dutschke qui fut très gravement blessé au cerveau. Les étudiants contestataires ripostèrent en s'en prenant à la presse « populaire » d'Axel Springer qui contrôlait les deux tiers des quotidiens allemands et les trois quarts des berlinois. Marie participa à la nuit la plus chaude, celle où les protestataires réussirent à arrêter les camions de livraison du *BZ*, le *Bild Zeitung*, qui critiquait les étudiants gauchistes et demandait qu'on les arrête tous. Marie écrivit une longue lettre à son père qui résumait les événements qu'elle venait de vivre et ajoutait :

« Ce qui se passe ici dépasse de beaucoup le soulèvement d'étudiants contre une tentative d'assassinat. Les AG étaient déjà bondées les jours précédents. Les atrocités de la guerre du Viêtnam ont joué un rôle très important dans la politisation d'une partie de la jeunesse. Je sais, mon papa chéri, que tu as essayé de toutes tes forces de l'arrêter. Et je t'admire pour cela et pour tant d'autres raisons.

« La contestation s'élargit beaucoup, contre la trop grande et précoce spécialisation des études universitaires, le mandarinat archaïque des profs, la dureté du capitalisme pour les plus faibles, la connerie et la méchanceté de la presse, qui ne comprend rien en parlant de complot communiste.

« Ce que j'ai vécu à Nanterre le mois dernier me confirme dans mon impression, qui ne relève pas, enfin pas seulement, du bonheur d'une amoureuse. La France connaîtra aussi un soulèvement étudiant dans les années qui viennent.

« Je t'embrasse, mon papa adoré. »

Une quinzaine de jours après commençaient les ainsi pudiquement nommés « événements de Mai 68 ». Jacques les comprit bien mieux que la plupart des politiques, y compris ceux situés plus à gauche que lui. Malgré la panique de nombre de ses soutiens, il vota la censure du gouvernement Pompidou et réussit à entraîner une partie de son groupe parlementaire avec lui.

Marie était de toutes les manifs. Jérôme les rejoignit au prétexte de chercher son amoureuse, Nathalie, la fille de Marie-Claire de Fleurieu, née Servan-Schreiber.

Marie-Claire était la sœur du gaulliste Jean-Claude, pas celle du cousin Jean-Jacques, qu'elle préférait de loin. Jean-Jacques, elle l'appréciait parce qu'il se situait à gauche, comme elle, mais, surtout, parce qu'il avait toujours soutenu Mendès France, et que PMF était de longue date son amant secret.

Si Jacques comprenait beaucoup de la révolte étudiante, il ne comprenait pas qu'elle reprenne les symboles et la logorrhée communistes.

— Est-ce que tu te rends compte, Marie, de ce qu'il y a d'idiot, d'obscène même, à dire « CRS SS » ?

— C'est une blague, papa.

— Il y a des sujets avec lesquels on ne blague pas, ma fille.

— Eh bien, nous, on blague avec tout.

— Comment pouvez-vous défiler derrière des drapeaux rouges et chanter *L'Internationale* ? Ce sont les emblèmes et les chants de la tyrannie soviétique.

— Ah bon ? On s'en fout, tu sais, répondit Marie.

— Tu ne peux pas t'en foutre, comme tu dis. D'ailleurs les communistes sont avec vous.

— Pas du tout. Marchais dénonce Cohn-Bendit, « l'anarchiste allemand ».

— Alors là, ma chérie, s'il y a un slogan que j'aurais pu crier avec toi, c'est bien : « Nous sommes tous des Juifs allemands. »

Marie aima le côté pacifiste et libertaire du mouvement, son extension à la télévision, à l'Odéon, dans les usines, ce qui n'avait pas eu lieu en Allemagne. Elle photographia la photo du logo du siège des camions BERLIET. Les lettres avaient été déplacées pour écrire

LIBERTE. Elle passa des heures à l'École des beaux-arts, et prit aussi nombre d'affiches en photo, tant elle adorait la plupart de leurs slogans :

Dix jours de bonheur.
Ne soyez pas des moutons.
La police vous parle, tous les soirs à 20 heures.
Le poing de non-retour.
La chienlit c'est lui !
Trop tard CRS, le mouvement populaire n'a pas de temple.
La poésie est dans la rue.
Crear dos, tres, muchos Viêtnam.
La police s'affiche aux Beaux-Arts. Les Beaux-Arts s'affichent dans la rue.
Non aux bidonvilles. Non aux villes-bidons.
La prochaine fois on sera organisés.
Non aux bureaucraties.
Dans les chemins que nul n'avait foulés, risque tes pas.
Dans les pensées que nul n'avait pensées, risque ta tête !
Sous les pavés, la plage.
Laissez la peur du rouge aux bêtes à cornes.
Soyez réalistes, demandez l'impossible.
Parlez à vos voisins.
Nous sommes tous indésirables – sur l'image de Cohn-Bendit.

Marie n'aima pas le galimatias marxiste-léniniste, et encore moins les débordements violents, la nuit du 24 au 25 mai avec, à Paris, l'incendie de la Bourse, et, pire, à Lyon, le camion chargé de pierres lancé contre un barrage de police qui tua le commissaire Lacroix.

Ses sentiments furent donc partagés lorsque de Gaulle, au lendemain de sa disparition, reprit les choses en main dans une allocution radiodiffusée – seulement radio, lui expliqua son père, qui écoutait le discours avec elle, radio seulement, pas télévision, parce qu'il a été mauvais à la télé le 24 mai, parce qu'il ravivait le souvenir du héros de la Seconde Guerre mondiale qui nous parlait depuis Londres, parce que la télé est un médium froid, la radio un médium chaud, et qu'il lui fallait dramatiser :

> *Françaises, Français, étant le détenteur de la légitimité nationale et républicaine, j'ai envisagé, depuis vingt-quatre heures, toutes les éventualités, sans exception, qui me permettraient de la maintenir. J'ai pris mes résolutions. Dans les circonstances présentes, je ne me retirerai pas. J'ai un mandat du peuple, je le remplirai. Je ne changerai pas le Premier ministre dont la valeur, la solidité, la capacité méritent l'hommage de tous. Il me proposera les changements qui lui paraîtront utiles dans la composition du gouvernement. Je dissous aujourd'hui l'Assemblée nationale.* […] *Quant aux élections législatives, elles auront lieu dans les délais prévus par la Constitution à moins qu'on n'entende bâillonner le peuple français tout entier en l'empêchant de s'exprimer en même temps qu'on l'empêche de vivre, par les mêmes moyens qu'on empêche les étudiants d'étudier, les enseignants d'enseigner, les travailleurs de travailler. Ces moyens, ce sont l'intimidation, l'intoxication et la tyrannie exercés par des groupes organisés*

de longue main, en conséquence, et par un parti qui est une entreprise totalitaire, même s'il a déjà des rivaux à cet égard.

— Marie, je te le dis, la révolte, c'est fini. Le reflux réac, c'est maintenant. Les temps vont devenir difficiles, pour tes amis comme pour les miens.

— Mais pourquoi ? Le pays peut se retourner en vingt-quatre heures !

— Il ne se retourne pas vraiment. La moitié des Français, craignant pour leurs biens, même quand ils en avaient peu, était silencieuse mais hostile. Et dans l'autre moitié, une partie s'inquiète ou se lasse.

— Ils veulent partir en week-end de la Pentecôte ?

— Tu as tout compris. Crois-moi, demain les pompes à essence rouvriront. Et au fur et à mesure qu'elles se videront, la contestation se videra aussi.

— Et pourquoi cela va être dur pour toi ?

— Parce que la polarisation du pays va s'accentuer. Entre une gauche unie résistant dans ses bastions et une droite triomphante, le centrisme d'opposition n'aura guère de place. Je ne suis pas sûr de pouvoir sauver mon groupe.

— Je peux t'aider ?

— Figure-toi que oui.

— Comment ?

— Je dois faire la campagne nationale pour soutenir nos sortants et quelques candidats qui ont une petite chance. Alors si tu dirigeais la campagne dans le Jura, cela m'aiderait. Vos examens ont bien été renvoyés en septembre ?

— Oui. Sauf que je n'ai jamais fait de campagne électorale.

— Tu as commencé à apprendre à Nanterre. Ce n'est pas si différent. Et tu seras entourée. Alors, partante ?

— Bien sûr.

Marie avait passé quinze jours d'avril avec les étudiants révoltés de Berlin, le mois de mai avec ceux de Paris, et la voilà qui se retrouve en juin à faire la campagne électorale de son père dans les petites villes et villages du Jura. Comprenne qui pourra, elle n'y voyait aucune contradiction. L'adversaire ne changeait pas : le pouvoir gaulliste, d'autant que le candidat de droite contre lui, le seul dangereux, n'était autre que Robert Grossmann, le leader des jeunes gaullistes. Elle passa son permis de conduire en quinze jours – et sans difficulté, tant elle s'était entraînée à Sanary. Tous les matins, à 8 heures pétantes, elle retrouvait Tala, celui qui n'allait pas à la messe, et Aimé, celui qui y allait. La petite équipe comptait aussi Embareck, l'instituteur fils de harki, Christian, le cheminot et sa femme Jacqueline, ainsi que deux nouveaux amis, Jean-Claude, brillant avocat à Dole et Besançon, et sa femme Gi, belle, timide, très douée pour la mise en page des journaux électoraux, et bêtement complexée parce que fille d'un garagiste.

Arbois, Poligny, Salins… Marie adorait sillonner la circonscription au volant de la 204 qui avait remplacé la 200 DM 39 trop fatiguée, convaincre les maires de mobiliser leurs électeurs, avec un discours très au point sur le double archaïsme de la gauche et des gaullistes. Elle ne se départait pas d'une rhétorique un peu trop idéologique. Ses interlocuteurs ne s'en offusquaient pas, vu la force de leur attachement à Jacques Duhamel. De surcroît, ils s'amusaient de voir sa fille à peine sortie de l'adolescence diriger une campagne électorale. Jacques rejoignait sa circonscription deux jours par semaine. Il constatait avec ravissement que sa fille faisait du bon travail. Il fut réélu très facilement, et sauva de justesse le groupe Progrès et démocratie moderne à l'Assemblée. À ce soulagement politique s'ajoutait le plaisir tout personnel de se sentir encore plus proche de sa fille.

Mai 68 ne les avait qu'à moitié opposés, Juin 68 les avait à nouveau réunis.

1969

En 1969, la vie politique de Jacques bascula. Le leader de l'opposition centriste à l'Assemblée devint membre de la majorité présidentielle de droite. Triple mouvement du législatif au mal nommé exécutif, de l'opposition au gouvernement, du centre gauche vers le centre droit. Il ne se fit pas sans tourments.

De Gaulle avait décidé de recourir au référendum qu'il avait annoncé puis suspendu dans le bruit et la fureur de Mai 68. Doté d'une majorité absolue de son seul parti à l'Assemblée nationale, il aurait pu s'en contenter et gérer le pays sans risque. Jacques savait cependant que de Gaulle n'appartenait pas à l'espèce des politiciens ordinaires. Il ne fut pas surpris de le voir prendre tous les risques par référendum, un peu plus qu'il le fît sur une régionalisation hardie. « Qui se serait attendu à entendre le Général parler breton ? », pensa-t-il lorsqu'il entendit le discours de Quimper, le 2 février 1969. Il le suivit sur la télévision couleur que Colette avait offerte à la famille pour Noël.

Comme il y a cent cinq ans l'écrivait à leurs ancêtres en vers bretons mon oncle, Charles de

Gaulle : « Va c'horf zo dalc'het, med daved hoc'h nij va spered, vel al labous, a denn askel, nij da gaout he vreudeur a bel. »

Les acclamations fusèrent d'autant plus que le Général récita sa poésie bretonne par cœur. De Gaulle ne traduisit pas. Heureusement, les journaux s'en chargèrent le lendemain :

« Mon corps est retenu, mais mon esprit vole vers vous, comme l'oiseau à tire-d'aile vole vers ses frères qui sont au loin. »

La surprise linguistique dépassait l'anecdotique. De Gaulle le capétien, le jacobin, le monarque républicain, prononça le plus girondin des discours que l'on puisse imaginer de la part d'un président de la Ve République.

Certes, pour notre pays, qui fut si souvent menacé et envahi sur chacune de ses frontières terrestres et maritimes et à l'intérieur duquel ses adversaires cherchaient toujours à susciter des déchirements et des complicités, un pouvoir systématiquement centralisé dans tous les domaines, une politique constamment tendue vers le danger, une défense excluant tout ménagement et tout délai ont été bien longtemps les conditions nécessaires de son unité. Mais il se trouve, à présent, que celle-ci est resserrée, pour ainsi dire, automatiquement par les éléments nouveaux de l'évolution moderne : les communications rapides, les transformations, les transmissions instantanées, l'information partout répandue, le crédit généralisé. Il se trouve, en même temps, qu'à notre époque où le progrès économique et social est essentiel pour chacun, c'est précisément l'unité française qui exige que certains membres du corps de la patrie n'aillent pas en dépérissant, tandis que d'autres se transforment. Il faut donc que soient mises en œuvre toutes les ressources matérielles et humaines de notre pays. Il faut que notre plan aménage l'action de l'État sur tout le territoire. Il faut que chaque région qui est qualifiée par son étendue et par sa valeur ait la volonté et reçoive les moyens de prendre la part qui lui revient dans l'ensemble de l'effort national.

Si de Gaulle s'en était tenu à la régionalisation, il aurait probablement gagné le référendum d'avril 1969. Il commit cependant l'erreur d'y ajouter une réforme du Sénat, mobilisant ainsi contre lui la multitude des sénateurs et des élus électeurs des sénateurs, si friands de leur minuscule pouvoir. Des dizaines de milliers de conseillers municipaux et délégués desdits conseils entrèrent en campagne pour le « non », emmenés par le président du Sénat, le très bonhomme Alain Poher, avec sa tête et son ton de notaire rassurant. À ces difficultés s'ajoutait pour de Gaulle le fait qu'une partie de la droite le lâchait. Les possédants redoutaient ses idées d'association entre le capital et le travail. Les mandarins pestaient contre la réforme progressiste qu'Edgar Faure engageait dans les universités. Et dans les deux cas, la plupart des hommes et des femmes de gauche qui approuvaient n'en restaient pas moins fidèles à la gauche. Jacques n'en était pas surpris. Il savait de longue date qu'en politique faire un tant soit peu la politique de l'autre camp, parce qu'on la juge nécessaire, vous fait perdre plus de soutiens que cela ne vous rapporte de ralliements. Et il connaissait trop la droite pour ne pas voir qu'une partie s'apprêtait à dire non à de Gaulle pour pouvoir dire oui à Pompidou.

Quelques gaullistes aussi zélés que peu scrupuleux contribuèrent d'ailleurs malgré eux à ce mouvement fatal pour le Général en accablant Pompidou, ce qui provoqua son émancipation. Ils entretinrent, s'ils ne la provoquèrent, la crapoteuse affaire Marković, mettant en cause Pompidou dans l'assassinat d'un garde du corps d'Alain Delon. À cette fin, ils firent circuler des photos fabriquées de Claude Pompidou dans des partouzes avec ledit Marković. La presse relaya, plus ou moins explicitement, la fausse rumeur. Même *Le Figaro* y prit sa part, le 25 octobre 1968, sans citer toutefois la femme de l'ancien Premier ministre :

> *Stevan Marković recrutait des jeunes femmes pour les « festivités » auxquelles participaient certaines personnalités du spectacle et de la politique. C'est au cours de ces réunions que le Yougoslave réussissait à prendre des clichés compromettants qu'il monnayait ensuite au prix fort.*

Lorsque la calomnie finit par parvenir aux oreilles de Pompidou, il entra dans une rage décuplée par le fait que de Gaulle lui-même toléra tout cela un temps, trop longtemps, avant d'y mettre un terme. Pompidou ne pardonna pas. Le 17 janvier 1969, en voyage à Rome pour rencontrer le pape, il répondit à un journaliste l'interrogeant sur son éventuelle impatience :

S'il y avait une élection, je serais probablement candidat ; ce n'est, je crois, un mystère pour personne. Mais je ne suis pas du tout pressé.

Ces mots assez anodins devinrent aussitôt, passion du scoop aidant, une annonce de candidature qui agita le petit monde de la petite politique et de ses commentateurs. Puisque la manipulation se poursuivait, Pompidou franchit une étape supplémentaire dans l'énoncé de sa disponibilité. En déplacement à Genève, il déclara le 17 février, à la télévision suisse :

Je ne crois pas avoir ce qu'on appelle un avenir politique. J'aurai peut-être, si Dieu le veut, un destin national, mais c'est autre chose. J'ai dit, le 1er novembre, que le général de Gaulle est à l'Élysée et que son mandat expire en 1972. Il n'y a donc pas de problème de succession. Cela étant, il y aura bien un jour une élection.

Tous comprirent, malgré la prétérition sur la succession. L'absence de problème ne provenait pas tant de l'échéance lointaine, 1972, que de la solution, quoi qu'il arrivât : l'élection de Pompidou. Les gaullistes antipompidoliens se déchaînèrent. Le point culminant fut atteint le 4 mars. Un truand dénommé Marcantoni et impliqué dans l'affaire Marcović fit demander par son avocat un interrogatoire de Georges et Claude Pompidou. Sur France Inter, totalement contrôlé par le pouvoir qui, après Mai 68, avait fait licencier une cinquantaine de journalistes et muté ou poussé à la retraite des dizaines d'autres, le journaliste Yves Mourousi diffusa la nouvelle des Pompidou sur le point d'être convoqués par le juge en se délectant. Il n'aurait guère pu le faire sans l'aval du ministère de l'Information, voire à son instigation. Le soir même, de Gaulle convia ses deux anciens Premiers ministres pour dîner à l'Élysée avec leurs épouses. Après quoi, la rumeur cessa.

Jacques était informé dans le détail par son grand ami Francis Fabre, également très lié à Pompidou. Ce chef d'entreprise marseillais devenu parisien le soutenait depuis longtemps, y compris pour financer ses campagnes électorales. Sa femme Mistou impressionnait tant par sa gaieté que par sa beauté – elle avait naguère été élue reine d'Arles. Mistou était, avec Claire Wiazemsky, la meilleure amie de Colette. Les Fabre et les Duhamel passaient souvent des week-ends ensemble dans la manade que Francis possédait en Camargue. Jacques ne se lassait pas de voir trier les taureaux. Il aimait aussi monter à cheval – les camarguais étaient connus pour leur docilité. Jacques expliqua à Francis qu'à son avis le « non » l'emporterait au référendum du 27 avril, que de Gaulle démissionnerait aussitôt, que Poher, malgré ses déclarations contraires, ne se contenterait pas d'exercer l'intérim de la présidence de la République, mais se porterait candidat, et que, dans la dynamique du « non », il risquait d'être élu, malgré sa faiblesse. Ce serait le retour à la IVe République, ce dont Jacques ne voulait à aucun prix. Autant il se réjouirait si de Gaulle partait, parce qu'il ne supportait ni son autoritarisme, encore démontré par l'épuration à l'ORTF, les radios et chaînes de télévision publiques, ni son nationalisme, qui empêchait l'Europe de progresser, autant il ne voulait pas du retour en arrière que provoquerait l'élection de Poher.

Les événements se déroulèrent exactement comme il les avait prévus. Ce qu'il n'avait pas prévu en revanche, c'est que dans la chaleur d'un meeting, et interpellé pas un auditeur lui demandant en criant ce qu'il ferait si Poher était candidat, il avait répondu : « Je le soutiendrais. » De retour à la maison, il avait aussitôt confié à Jérôme et Marie : « Je viens de faire une grosse connerie. »

Le 28 avril 1969 au petit matin, lendemain du référendum perdu par le Général, Jacques se rendit chez son ami Francis Fabre, 75, rue de Grenelle, pour un petit déjeuner totalement secret. Pompidou l'y attendait. Il se réjouit en goûtant le pain, qui venait d'un des meilleurs boulangers de Paris, près de l'angle Grenelle-Raspail.

— Mangez-en, Georges, il est vraiment excellent.

— Je croyais que l'on se tutoyait, Jacques.

— Optimiste de nature, je me prépare à votre élection. Le voussoiement deviendra de rigueur.

— Mon élection, parlons-en justement. J'ai des premiers sondages confidentiels. Ils ne sont pas bons. Malgré une belle avance au premier tour, Poher me battrait au second. S'il y allait.

— Il ira. Et c'est pour cela que tu as besoin de moi.

— Je te croyais décidé à me soutenir quoi qu'il arrive, et seulement par conviction.

— Je le suis. Encore me faudra-t-il convaincre le plus d'électeurs possible de me suivre. Ils ne le feront pas par seule affection pour moi, sauf quelques milliers de Jurassiens, quelques centaines de Sanaryens et de Parisiens.

— C'est déjà cela. Mais ça risque de ne pas suffire.
— Donc tu dois marquer un changement.
— Une ouverture.
— Si tu préfères.
— Je préfère garder l'électorat gaulliste, c'est ma base. « Changement » le heurterait. J'incarne d'ailleurs par définition un changement.
— Il faudra mettre des choses derrière le mot ouverture.
— Tu veux parler postes ministériels.
— Ne m'insulte pas. Aujourd'hui, c'est secondaire. Et cela viendra en son temps. Je veux parler sur le fond.
— Mais encore ?
— Des ouvertures sur les libertés, et sur l'Europe.
— Par exemple ?
— Par exemple une libéralisation de l'ORTF.
— C'est la voix de la France.
— Peut-être, mais la France, ce n'est pas le ministère de l'Information.
— On devrait en effet pouvoir être plus subtil. Et pour l'Europe ?
— La levée du veto à l'entrée des Britanniques.
Un long silence s'ensuivit. Pompidou regardait au loin, par la fenêtre.
— De Gaulle lui-même a admis qu'un jour cela serait possible. Personne n'y a prêté attention.
— Donc tu peux, tu feras.
— Je ferai.
— Tu le diras dans la campagne.
— Je le dirai.

Le 22 mai, Europe 1 organisa un débat entre les deux hommes. Jacques avait demandé au plus proche de ses collaborateurs, Jacques Rigaud, de le suivre au premier rang du petit public admis dans le studio. Il avait tenu à y adjoindre Marie. Cinq minutes avant la fin des échanges, les deux fidèles devaient indiquer avec leur pouce si le leader centriste pouvait ou non prononcer la phrase fatidique : « Dans ces conditions, je vous apporte mon soutien. » Pompidou avait été loyalement prévenu. Il lui fallait tenir un discours d'ouverture, tant sur les libertés que sur l'Europe, sans quoi Jacques ne le rallierait pas. Marie était très impressionnée par la confiance que son père lui témoignait. Elle venait de fêter ses dix-neuf ans et n'avait même pas le droit de vote. Aussi chuchota-t-elle à l'oreille de Rigaud : « C'est bon, non ? » Tous deux levèrent leur pouce.

Poher s'affaissa en campagne. Il n'obtint que 23 % au premier tour, contre 44 % pour Pompidou, lequel fut d'autant plus facilement élu au second que les communistes refusèrent de choisir entre « bonnet blanc et blanc bonnet ». Jacques Duhamel entra au gouvernement, à l'Agriculture, et avec lui deux des centristes qui l'avaient suivi dans le soutien à Pompidou : René Pleven à la Justice, Joseph Fontanet au Travail. La nouvelle majorité avait désormais trois composantes, la dominante, l'UDR gaulliste, la moyenne, les RI dirigés par Giscard, et la petite, la centriste du PDM devenue CDP (Centre démocratie et progrès) conduite par Jacques. Cela faillit ne pas se faire. Pompidou voulait en effet mettre Michel Debré aux Affaires étrangères. Duhamel objecta que c'était pour lui et les siens inacceptable. L'ouverture européenne disparaîtrait aussitôt des radars à la seule vue d'un nationaliste au Quai. Pompidou céda. Personne ne le sut, hors Debré.

Jacques garda cette victoire pour lui. De son silence, Pompidou lui sut gré.

Le 22 septembre 1969, Colette allongée sur son lit lisait *Risibles amours*, un recueil de nouvelles de Milan Kundera, sa fille Marie assise à côté d'elle préparait un exposé sur les contrats administratifs, ce qui l'ennuyait au dernier degré. Elle alluma la télévision pour se changer les idées. Une conférence de presse présidentielle était en train de se terminer. Elles écoutèrent la dernière question, assez inhabituelle :

— *Jean-Michel Royer, Radio Monte-Carlo. Monsieur le Président* [...], *je voudrais vous faire sortir carrément de l'épure et vous interroger sur un fait divers. À Marseille, une femme, un professeur, est condamnée pour détournement de mineur et se suicide. Vous-même, qu'avez-vous pensé de ce fait divers qui pose, je crois, des problèmes de fond.*

Long silence de Pompidou qui croise les mains, puis parle.

— *Je ne vous dirai pas d'ailleurs tout ce que j'ai pensé sur cette affaire...*

Silence.

— *Ni même... ce que j'ai fait.*

Silence.

— *Quant à ce que j'ai ressenti... comme beaucoup... eh bien...*

Silence.

— *Comprenne qui voudra. Moi mon remords ce fut la victime raisonnable au regard d'enfant perdue. Celle qui ressemble aux morts qui sont morts pour être aimés. C'est de l'Éluard. Merci, mesdames et messieurs.*

Dès que Pompidou s'était levé, Colette éteignit la télévision et serra sa fille dans ses bras. Elle lui raconta que ce poème avait été écrit en hommage aux femmes tondues à la Libération et que son père le lui avait fait lire après avoir vu ensemble un reportage bouleversant sur ces lynchages. Marie saisit mieux l'attachement à ce président, qui n'était pas que conservateur.

Le changement de la position politique de Jacques ne posa aucun problème dans la famille. Colette pensait qu'un ministère, ce ne pouvait pas être pire que Matignon seize ans plus tôt. Jérôme et Marie partageaient son choix pour Pompidou, tout en le trouvant trop à droite – un peu trop pour Jérôme, beaucoup trop pour Marie. Ces deux-là avaient acquis la culture de la Ve République. Ils préféraient un président de droite à la tête d'un pouvoir qui s'exerce à un président un peu plus à gauche regardant un pouvoir évanescent. Stéphane et Gilles s'intéressaient moins à la politique que leurs aînés et se réjouirent pour leur père. Ils subirent quelques lazzis de leurs congénères sans en avoir trop cure.

À la fin de l'année, Jacques ressentit une bizarrerie. Lors d'une réunion à Bruxelles pour fixer les prix du lait, à la fin de son intervention quelque chose d'à peine perceptible semblait avoir modifié son élocution. Revenu à son hôtel, à 3 heures du matin, il parla seul devant sa glace. Il lui sembla que le coin droit de la bouche s'ouvrait de quelques millimètres en moins. Il mit cela sur le compte de la fatigue. Le lendemain matin, il renouvela l'exercice. La toute petite altération avait disparu.

1970

Peu de ministères épuisaient autant leur titulaire que l'Agriculture. La Politique agricole commune, la PAC, relevait de décisions européennes. Les ministres de l'Agriculture des six pays de la Communauté fixaient chaque année des prix garantis aux producteurs, secteur par secteur : porc, bœuf, lait, blé, maïs, betteraves… Les agriculteurs se trouvaient ainsi assurés d'écouler leur production puisque la Communauté européenne leur rachetait aux prix garantis tout ce qu'ils n'avaient pas réussi à vendre. Ils étaient par ailleurs protégés de la concurrence extérieure puisque les produits agricoles importés étaient taxés. D'où la première source de harassement : les « marathons de Bruxelles » durant lesquels les six ministres négociaient chaque prix jusqu'au bout de la nuit.

Lorsque Jacques arriva rue de Varenne, siège du ministère, la PAC commençait à produire ses effets pervers. Certes, elle assurait un niveau de vie minimum aux paysans et améliorait la productivité. Mais les stocks s'accumulaient tellement qu'il devenait impossible de les vendre complètement à l'exportation. La destruction de tonnes de beurre ou d'hectolitres de lait choquait. Il fallait envisager une réforme en profondeur de la PAC. Un rapport Vedel le proposa. Jacques déclara qu'il en faisait son « livre de chevet ». Que n'avait-il osé dire ? Les agriculteurs, qui incendiaient facilement des meules de foin devant les préfectures, s'en donnèrent à cœur joie.

Durant les vacances de Pâques, Jacques eut un bref répit. Le début de son séjour sanaryen lui permit de retrouver ses enfants, qu'il ne voyait plus guère depuis un an, de lire les romans policiers de James Hadley Chase – il adorait *Pas d'orchidées pour Miss Blandish* –, et de faire des parties de belote ou de Scrabble, sans oublier le match de tennis tous les après-midi. Même la journée où il fallut recevoir une équipe de la télévision pour un reportage sur lui l'amusa. Il déambula sur le marché de Sanary et rigola avec Rosette, sa maraîchère préférée.

— *Je suis coincée entre les producteurs et les consommateurs, comme le jambon dans le sandwich.*

— *Mais le jambon, c'est le meilleur dans le sandwich*, lui répondit le ministre.

La veille de son retour à Paris, Jacques revint de son match de tennis un peu perturbé. Il confia son inquiétude à son beau-frère.

— Il m'arrive quelque chose d'anormal. Je n'ai pas pu jouer comme d'habitude.

— Mais encore ? lui demanda Jean-Louis, intrigué.

— J'ai un petit écart anormal par rapport à la balle.

— Ça veut dire quoi, « un petit écart anormal » ?

— Que je ne maîtrise pas complètement l'endroit où mettre ma raquette.

— Tu veux que je te dise, Jacques ? Tu travailles trop. Depuis un an et demi, tu n'as pas arrêté, entre la campagne du référendum, la présidentielle, le ministère, Paris, Bruxelles, Dole, les déplacements à travers la France. Tes malheureux quatre jours de vacances n'ont pas suffi à te reconstituer. Ménage-toi un peu plus et ton « petit écart » disparaîtra.

— Si tu le penses – c'est toi le médecin.

Deux mois plus tard, un samedi, Jacques, qui, exceptionnellement, n'avait pas rejoint son Jura, sirotait un whisky avec Jean-Louis en fin de journée. Il tira sur sa vingtième Celtique de la journée. À deux reprises, Jean-Louis vit qu'il faisait tomber la cendre à côté du cendrier.

— Cela t'arrive souvent ?

— Parfois… De plus en plus, j'en ai peur.

— Ce n'est pas normal, il faut faire des examens.

— Examens de quoi ?

— Du cerveau. Vérifier qu'il n'y aurait pas un hématome qui traîne.

— Tu penses à l'accident de voiture que j'ai eu l'hiver dernier et dont je n'ai parlé qu'à toi ?

— Oui. Je sais que tu n'as pas perdu connaissance et t'en es tiré avec une côte cassée. Le choc a pu cependant provoquer une bulle de sang dans ta tête. Auquel cas, nous l'enlèverions sans problème.

En vérité, Jean-Louis n'était qu'à moitié rassuré. Il redoutait une tumeur au cerveau. Et Jacques l'avait compris : « auquel cas »… Un autre cas était donc possible. Jean-Louis savait que Jacques savait, et Jacques savait que Jean-Louis savait qu'il savait. Aucun des deux n'éprouvait le besoin de mettre des mots sur cette inquiétude. Pour l'instant.

Le premier examen ne révéla rien. Ni petit hématome ni tumeur. Et là, Jean-Louis ne cacha pas sa préoccupation.

— J'aurais préféré y voir clair. Nous aurions réglé la question. Il va falloir faire un examen beaucoup plus lourd.

— Tu veux dire douloureux ?

— Exactement. Une encéphalographie gazeuse. On va t'injecter un gaz dans le cerveau et tu ne devras pas bouger pendant vingt-quatre heures, jusqu'à ce que tout le gaz se soit résorbé. Avant, le moindre mouvement te ferait trop mal. Et l'on ne peut pas t'endormir.

L'hospitalisation pour l'encéphalographie commença le 13 juillet, aussi secrètement que possible. Jacques se présenta à l'accueil couvert d'un chapeau et de lunettes de soleil.

— Bonjour, monsieur le ministre, lui dit la secrétaire.

Une heure plus tard, Marie, qui avait accompagné son père, découvrit au bout du couloir un photographe qui traînait. Elle s'en approcha.

— Vous êtes sa fille ? lui demanda-t-il.

— La fille de qui ?

— Ben, de Luis Mariano.

Le célèbre chanteur d'opérette était en train de mourir à l'étage au-dessus.

Le gaz fut injecté en début d'après-midi. Quelques heures après, Jean-Louis revint dans la chambre. Il avait organisé une équipe médicale pour avoir un diagnostic sur-le-champ. Colette et Marie étaient là. Il leur demanda de sortir. Jacques refusa.

— Je préfère qu'elles sachent. Et en même temps que moi.

— Nous avons localisé le mal. Il se situe dans le cervelet.

— Et de quelle maladie s'agit-il ?

— Personne ne sait. On appelle cela les « maladies orphelines ». Celles qui sont trop rares pour être identifiées.

— Ce qui veut dire qu'il n'y a pas de traitement.

— Exactement.

— Et comment évolue-t-elle ?

— Difficile à dire précisément. Ce que l'on sait, c'est que le cervelet commande les fonctions motrices, les mouvements. Ton intelligence ne sera en rien atteinte. Tu ne devrais pas avoir de souffrance au sens strictement physique du terme. Mais tu écriras, parleras, marcheras de moins en moins bien.

— Tu veux dire plus du tout.

Marie se retourna pour empêcher son père de voir ses larmes couler.

— Alors disons de plus en plus mal.

— Quel sera le rythme de la dégradation ?

— Aucune idée, sinon qu'en trois mois il ne s'est pas passé grand-chose. Donc il devrait être lent.

— Et tu me garantis que mon cerveau n'est pas atteint.

— Je te le garantis. À 100 %.

— Je préfère rester lucide.

Colette chuchota :

— René Char : « La lucidité, la blessure la plus proche du soleil. »

Plus tard, Jacques voulut dormir et demanda à Jean-Louis de le retourner pour la nuit.

— Cela te fera trop mal.

— Je ne peux dormir que sur le ventre.

Jacques insista jusqu'à faire céder son beau-frère et sa fille. Ils le retournèrent aussi doucement que possible. Jacques cria :

— Maman !

1971

Déjà au lendemain de l'élection présidentielle, Jacques avait envisagé de devenir ministre des Affaires culturelles. Pompidou avait insisté pour qu'il prenne un poste politiquement plus important. La rue de Valois n'était qu'un petit ministère auquel seule la personnalité d'André Malraux avait donné quelque prestige. Quoique à peine convaincu, Jacques admit cette solution raisonnable. Deux ans après, il se lassait des négociations pour préparer l'arrivée des Britanniques dans la Communauté européenne et des marathons bruxellois sur le prix du lait ou du porc. Il s'en lassait et il s'y épuisait. La maladie progressait lentement, elle lui imposait cependant de marcher avec une canne, pour ne pas trébucher ou être bousculé. En octobre 1970, à la mort d'Edmond Michelet qui avait pris la suite de Malraux, Jacques demanda au président de lui succéder. Pompidou n'objecta pas. Edgar Faure, si ; il voulait ce ministère, et il alla l'expliquer à son ancien conseiller dans le bureau que celui-ci occupait encore rue de Varenne.

— Jacques, vous devez me laisser cette place.

— Et pourquoi ?

— Parce que je le veux.

— Moi aussi.

— Peut-être, mais moi je vous ai fait. Vous me devez tout.

— Je vous dois beaucoup. Mais si vous permettez, je dois aussi beaucoup aux électeurs jurassiens, à mes amis centristes que je dirige, et peut-être un peu à moi-même.

— Bien sûr. Mais puisque je vous le demande…

— Je ne peux plus occuper un ministère harassant, tandis qu'à la Culture je pourrai beaucoup.

— Jacques, vous me connaissez. Je m'emmerde à l'Assemblée et je ne peux pas rester longtemps sans être ministre.

— Demandez un autre ministère. Et, Edgar, vous me connaissez, non, c'est non.

Son ancien mentor sortit en claquant la porte. Le 7 janvier 1971, Jacques fut nommé ministre des Affaires culturelles. Dans les jours qui suivirent, Edgar Faure répandit sa bile en proclamant *urbi et orbi* :

— *Jacques Duhamel n'a qu'une seule chose droite dans sa vie, c'est sa canne.*

La flèche vénéneuse revint aux oreilles de la tribu. Un soir, les quatre enfants de Jacques vinrent lui parler ensemble :

— On ne peut pas laisser Edgar dire ces saloperies. Nous avons décidé d'aller lui casser la gueule et de lui expliquer que nous reviendrons s'il n'arrête pas.

— Je vous l'interdis absolument. Ce n'est pas moi mais lui-même qu'Edgar déconsidère.

Le lendemain matin de bonne heure, Colette, qui avait assisté à la conversation, appela Lucie Faure.

— Tu sais ce que ton mari ose dire sur Jacques et sa canne ?

— Je l'ai entendu une fois. Cela m'a choquée.

— Il n'arrête pas.

— Je vais l'arrêter.

Aussitôt le téléphone raccroché, Lucie se précipita dans la salle à manger où Edgar prenait son petit déjeuner et lui dit :

— Si tu n'arrêtes pas d'insulter Jacques, je divorce.

Il arrêta.

L'arrivée de Jacques rue de Valois surprit. Le ministère était jugé secondaire pour le leader d'un des trois partis de la majorité, lequel n'était par ailleurs pas connu pour ses affinités culturelles. Peu de gens savaient qu'il était très féru de musique et de peinture, entouré d'artistes ainsi que d'une jumelle pianiste et d'une femme qui travaillait de longue date dans l'édition. La surprise venait aussi de la qualité des personnes qu'il fit venir avec lui, à commencer par celle de Jacques Rigaud, le grand maître des requêtes au Conseil d'État qui décida de suivre son ami plutôt que de retourner dans sa maison mère tant appréciée. Les deux Jacques s'étaient connus dans les cabinets d'Edgar Faure sous la IVe. Duhamel avait repéré Rigaud, plus jeune que lui de huit années. Il avait rapidement sympathisé avec ce fils d'une famille pauvre que le travail et les talents avaient porté à Sciences Po, l'ENA, le Conseil d'État, les ministères. Rigaud était devenu le petit frère qu'il n'avait pas.

Ils s'admiraient et ils s'aimaient. Rigaud fut bluffé par l'humilité dont Jacques fit preuve dès son entrée en fonctions.

— *Je ne penserai pas au niveau de Malraux, je ne vivrai pas au niveau de Michelet, mais j'essaierai d'administrer ce ministère, car c'est cela que je sais faire.*

Jacques et Colette, Micou et Jean-Louis décidèrent qu'il fallait faire front ensemble contre l'horreur de cette maladie. Vivre dans le même pâté de maisons et passer ses vacances à Sanary ne suffisait plus. Il fallait habiter ensemble. Très vite, ils apprirent qu'une maison était à vendre du côté de la place Maubert, sur le quai de la Tournelle. Face à Notre-Dame, voilà qui justifiait son prix. Bordée par les rues de Bièvre et du Maître-Albert, peuplées d'immigrés dans des maisons assez délabrées, voilà qui l'atténuait. Ils prirent tous les quatre rendez-vous avec le vendeur, Jean Daladier, architecte, fils d'Édouard, le « taureau du Vaucluse », l'adversaire permanent d'Edgar Faure au sein du Parti radical. Jacques y vit un signe du destin. Jean-Louis, nettement plus pragmatique, nota que le vendeur était très pressé de vendre, pour cause de divorce. Il proposa un achat comptant mais un quart en dessous du prix demandé. Colette objecta :

— Il n'y a pas d'ascenseur dans cette maison à deux pièces par étage.

— Il est aisé d'en construire un à mi-étage, répondit Daladier.

Il ignorait que Jacques perdrait le contrôle de la marche. Le mi-étage ne suffirait pas.

— Qu'importe, je m'arrangerai, commenta Jacques qui tenait à ce regroupement familial.

L'affaire fut conclue, à un très bon prix pour le quatuor.

S'ensuivit un déménagement épique, à cause du piano de Micou, un Steinway que Jean-Louis lui avait offert deux ans auparavant pour ses quarante-cinq ans. Impossible de passer ce piano à queue par l'escalier. Les déménageurs installèrent poulie et corde pour le hisser par la façade et l'introduire par la fenêtre. Ils ratèrent l'ascension, heurtant le piano sur la façade. Marie et Jean-René, le beau-frère de Jérôme, étaient heureusement venus assister à l'événement. Jean-René, de tempérament entreprenant, écarta aussitôt les préposés à l'élévation et somma Marie de hisser avec lui le précieux instrument. Le Steinway fut sauvé.

Les sept premiers mois à la Culture ne furent que bonheur. Jacques était arrivé avec les meilleurs de son cabinet à l'Agriculture : avec l'irremplaçable Rigaud, le spécialiste des finances, Jean-Marie Roche, celui de la presse, Denis Baudouin, toujours une cigarette au bec, l'administrateur Michel Desmet, le beau jeune homme lettré Antoine de Clermont-Tonnerre. Il y joignit Léone Nora, femme de Simon, qui ajoutait à sa beauté et son intelligence une multiplicité de réseaux. Jacques réussit même à convaincre sa sœur de venir s'occuper de la musique. Loin d'opposer sa garde rapprochée aux directeurs en charge des différentes administrations du ministère, il exigea et obtint que son cabinet travaille en pleine harmonie avec eux, sans quoi les actions lancées ne seraient pas ou mal mises en œuvre. Ensemble, ils décidèrent que la culture devait être l'affaire de quasi tous les ministères. Le budget de la rue de Valois était des plus modestes. En créant le Fonds d'intervention culturelle, Jacques le démultipliait. Décidément, administrer, il savait. Et cela comptait. Très vite, le nouveau ministre bénéficia d'une aura inhabituelle.

C'était un magnifique jour d'été. Le quatuor allait revenir de sa visite des grottes de Lascaux en début d'après-midi. Jean-Claude et Gi, leurs amis jurassiens, les avaient accompagnés. Il fallait deux voitures pour aller les chercher à l'aéroport d'Hyères. Jérôme et Marie étaient requis.

Pendant le déjeuner, ils s'engueulèrent, à leur habitude. On venait d'apprendre la mort de Jean-François Devay, le patron de *Minute*, l'hebdomadaire d'extrême droite.

— Bonne nouvelle, dit Marie.

— Tu ne vas quand même pas te réjouir de la mort d'un homme, répliqua Jérôme.

— Si, parce que c'était un salaud !

— Salaud ou pas, cela ne change rien. C'était un être humain.

— Hitler aussi.

— Une fois encore l'argument de Hitler. N'importe quoi ! Hitler a gazé des millions de Juifs parce que nés juifs, Tziganes parce que tziganes... Devay n'a gazé personne.

— Parce qu'il n'a pas été en situation de le faire... Mais il a incité aux ratonnades d'Arabes.

— C'est dégueulasse, mais différent.

— Toujours ta modération, fade comme une tisane froide.

— Et toi tes exagérations, à en perdre la raison.

— Tu m'énerves. Je me casse. Je vais chercher les parents. Tu feras la route de ton côté.

— Rien à foutre.

Marie s'en alla dans le grand break Simca. Cinquante minutes après, elle parvint à l'aéroport de Toulon-Hyères. À peine débarqué, Jacques s'interrogea sur l'absence de Jérôme.

— Pourquoi n'est-il pas là ? Vous n'avez pas fait la route ensemble ?

— Non, on s'est engueulés.

— Encore… Vous êtes incorrigibles. Il y avait des bouchons dans Toulon ?

— Pas du tout. Mais tu sais, il roule beaucoup moins vite que moi.

— Et c'est lui qui a raison. Un jour tu finiras par avoir un accident. Cela dit, ce n'est pas normal qu'il ne soit pas là. J'espère qu'il ne lui est rien arrivé.

— Mais si, il est sûrement mort, dit Marie en souriant.

— Ce n'est pas drôle, Marie, intervint Colette. Mais, Jacques, arrête de t'angoisser comme ça. Et toi, va appeler la maison pour savoir s'il en est bien parti.

Marie obtempéra. Stéphane finit par répondre au téléphone et lui assura que Jérôme avait décollé cinq minutes après elle. Du coup, tout le monde commença à s'inquiéter.

— Il a dû tomber en panne et ne pas trouver de cabine pour nous appeler, dit Colette pour rassurer son mari.

— Alors partons, et nous verrons bien, répondit-il.

Ils se serrèrent dans le break et prirent la route. Jacques ne parvenait pas à évacuer ses peurs. Les autres se taisaient. Soudain, ils aperçurent une voiture dans le fossé, et des policiers au bord de la route. Jean-Louis gara le break sur le bas-côté. Marie courut vers l'accident. Aucun doute, c'était la 206 conduite par Jérôme. Elle interrogea le premier agent, qui l'informa aussitôt que c'était très grave et que le conducteur avait été transféré à l'hôpital Font-Pré à Toulon. Elle revint, haletante, transmettre aux siens la funeste information. Une demi-heure après, ils se retrouvèrent tous dans la salle d'attente des urgences. Seul Jean-Louis partit au bloc. Il revint au bout de cinq minutes et, agitant ses bras dans tous les sens, mimant la décérébration, annonça que c'était perdu.

Jacques refusa de l'admettre.

— Transférons-le tout de suite à Paris.

— Il ne supportera pas le voyage.

— Alors on abandonne ?

Jean-Louis comprit que son ami le suppliait de tenter quelque chose.

— Je l'emmène en hélicoptère à Marseille. Venez me retrouver à La Timone.

Ils passèrent par Sanary pour prévenir Nathalie, la femme de Jérôme. Elle crut que Marie lui faisait encore une de ses mauvaises plaisanteries. Le ton avec lequel sa belle-sœur lui répéta que la situation était désespérée écarta aussitôt cette idée rassurante. Ils prirent la 504 disponible. Tout le long du voyage, Nathalie répétait qu'elle voulait le garder, même si c'était un légume, expression qui glaça Marie.

Le passage à l'hôpital de La Timone ne dura guère. Au bout d'une demi-heure, on leur annonça que Jérôme était mort. Tous s'en allèrent. Jean-René, son beau-frère, se retourna vers le médecin qui venait de leur apprendre la fin et lui lança :

— Donnez tout son sang.

Aussitôt revenue à Sanary, Marie chercha Brigitte et Muriel. Ces deux amies à peine adolescentes venaient de perdre leur père, Daniel, celui-là même qui était dans le groupe de résistants de Jacques. Début juillet, le petit avion qu'il venait d'acquérir avec un ami s'était écrasé avant d'atteindre l'aéroport de Vannes. Marie trouva les filles dans leur chambre.

— Faites vos valises. Vous partez tout de suite, je vous emmène à la gare. Tout de suite. Vous venez de subir la mort de votre père, et la voici revenue. Vous partez. Vous partez.

Les deux sœurs obtempérèrent sans mot dire.

La nouvelle de la mort de Jérôme fut annoncée au journal télévisé. L'actualité de ce jour était pauvre, son père ministre, sa mort tragique : décérébré par une batterie tombée d'une voiture, ayant rebondi sur son capot, traversé le pare-brise et éclaté sa tête.

Quelques jeunes qui étaient en vacances dans la région rejoignirent Sanary le soir même, parmi eux, Olivier, qui avait été le premier amant de Marie, trois ans plus tôt. Leur histoire d'amour avait commencé bien avant, mais n'avait survécu à leur première nuit que quelques mois. Depuis, ils ne s'étaient jamais revus, Marie fuyant les fêtes où elle risquait de le rencontrer. Elle fut pourtant soulagée de le retrouver ce soir-là, cette nuit-là. Ils firent l'amour avec une infinie tendresse. Une évidence.

Les autres amis accoururent à Sanary dès le lendemain, une dizaine de jeunes, quelques-uns des proches du quatuor. Mendès pleurait, Marie-Claire, devenue sa femme, la mère de Nathalie, le soutenait. Cornelius Postma, le peintre hollandais sanaryen tous les étés, arriva plus tardivement. Il vit le grand nombre de voitures. Entrant dans le salon, il protesta, de sa voix tonitruante :

— Il y a une fête, et personne ne m'a prévenu.

Quelques-uns ne purent réprimer un mouvement d'indignation, Marie et Thierry éclatèrent de rire. Colette le prit dans ses bras et lui expliqua.

Le déjeuner fut joyeux. Chacun y allait de son anecdote sur Jérôme. Sa lettre à Mendès, le félicitant alors qu'il n'avait que six ans. Son addiction aux pronostics électoraux, qu'il faisait sur vingt ans, ce qui rendait son père malade, tant il le craignait fou. Ce jour de 1966 où il reprit Pierre Salinger, le conseiller de Kennedy, sur les résultats de l'élection du gouverneur de Californie deux ans plus tôt. L'année suivante où Jean-Claude Vajou, journaliste politique à *Combat*, le cita dans une conférence de presse du Général, pour atténuer l'impertinence de la question en l'attribuant à autrui :

— Que pensez-vous de l'appréciation de Jérôme Duhamel selon laquelle « le régime devient plus populaire que son chef » ?

Et la réponse du président que tout le monde avait oubliée…

Les affres du concours d'entrée à l'ENA, et ce sujet de culture générale sur « l'héritage napoléonien dans la France contemporaine », Jérôme résumant sa copie à son père, qui ponctua de « très bien » jusqu'à ce qu'à la fin il lui demande :

— Et le Code civil ?

— Le Code civil ? J'ai oublié le Code civil. Comment ai-je pu ? C'est cuit. Je laisse tomber.

L'énergie qu'il fallut déployer pour qu'il aille quand même aux épreuves suivantes. Et le 14 qu'il obtint néanmoins, tant le reste de la copie était brillant, et le correcteur bienveillant. La photo dans *Le Dauphiné libéré* qui le montra, jeune directeur de cabinet du préfet de l'Isère en train de remettre une médaille du travail en se trompant de côté.

À la fin du repas, David, le fils de Jérôme et Nathalie, surgit. Il venait d'avoir un an et marcha pour la première fois. Les rires cessèrent. Jacques quitta la table. Colette et Micou le suivirent. Puis Jean-Louis. Ils se retrouvèrent dans la grande chambre des parents. Tous pleuraient. Même Jean-Louis qui s'adressa à son beau-frère chéri par le diminutif dont il le dotait dans ses moments d'affection :

— *Excuse-moi, baron, j'ai perdu les rênes de mon gouvernement.*

L'extravagante expression trahissait l'ampleur de son désarroi.

Colette faisait preuve d'un incroyable stoïcisme. Pas une plainte, pas une larme. Elle régentait la tribu élargie presque comme si de rien n'était, veillant à ce que chacun se sente aussi bien que possible. Mais la nuit venue, au début de la nuit, au cœur de la nuit, elle hurlait doucement, doucement mais hurlait. Elle gémissait comme une louve.

Vint le jour de l'enterrement. Les vrais amis étaient là. Quelques autres aussi, tel Alain Peyrefitte, qui ne se souciait que de sa personne, et dont le visage transpirait la suffisance, le regard l'ennui de ne rien avoir d'intéressant à glaner pour son prochain livre. Jean-Jacques Servan-Schreiber était Jean-Jacques Servan-Schreiber, aussi attentif aux autres qu'à lui-même, Edgar et Lucie Faure profondément émus. Pour la sortie de l'église, les adolescents, les Duhamel-Funck et le beau-frère Jean-René en prime, portèrent le cercueil, tous vêtus simplement de pantalons noirs et chemises blanches, leur beauté accentuée par un soleil éclatant. Sur la route vers le cimetière, Simone Veil se trouva dans la voiture de Marie. Pour la soutenir, elle choisit de lui passer cigarette sur cigarette. Des Balto sans filtre. Arrivés au cimetière de la Guicharde – ils aimaient bien dans le Midi affubler les lieux publics de noms de ministres – les six se rassemblèrent. Ils formèrent la première rangée derrière le cimetière en s'enlaçant, tous en pantalon noir et chemise blanche. Avec Jérôme, c'est leur jeunesse qu'ils enterraient.

De retour à Paris, Nathalie lut aux Duhamel le testament que son mari avait écrit à la naissance de leur fils. Il contenait notamment deux phrases à la Saint-Just, tranchantes comme des couperets :

Nul ne s'interposera entre lui et la vie.
Il ne sera jamais mis en pension.

Colette et Jacques ne purent retenir leurs larmes. Ils n'avaient jamais soupçonné la souffrance de Jérôme en pension.

Par la suite, Colette devint encore plus intensément croyante, et Jacques définitivement athée. Gilles resta fidèle à sa mère. Marie et Stéphane suivirent leur père dans la certitude que Dieu ne pouvait exister car il n'aurait jamais laissé Jérôme être fauché à vingt-trois ans par le destin.

1972

Jacques et Colette s'enfouissaient dans le travail. Elle chez Gallimard, lisant manuscrit sur manuscrit. Lui aux Affaires culturelles, débordant d'activités. Son fils aîné perdu, le temps ne comptait plus. Son écriture et son élocution s'altérant, le temps lui était compté.

Rangeant quelques papiers, il tomba sur la pelure de la lettre qu'il avait adressée à Madeleine Chapsal quelques mois plus tôt :

> *Je voulais te dire combien ton mot m'a touché, et combien tu avais exactement perçu le sentiment que j'éprouvais en prenant ces nouvelles fonctions. Au-delà du quotidien, il se pourrait, en effet, que ce soit un des postes où l'on puisse, avec pudeur et en acceptant la dissonance, c'est-à-dire la liberté, influencer l'avenir.*

Question dissonance, il y alla fort. Au début du printemps 1972, il transforma le Théâtre national populaire, créé jadis par Jean Vilar. Son successeur, Georges Wilson, était un ami de Jacques. Qu'importait, il ne le garda pas, décentralisa le TNP à Villeurbanne et nomma à sa tête Roger Planchon, grand metteur en scène mais très à gauche. Jack Lang l'était également, quasi gauchiste. Il avait créé en 1963 le Festival mondial du théâtre de Nancy. Jacques Duhamel le mit à la tête du Théâtre de Chaillot, créé pour prendre à Paris la suite du TNP. Avant que la décision ne soit officialisée, Pompidou le convoqua à l'Élysée :

— Il est quoi, politiquement, votre Jack Lang ?

— Très radical, monsieur le Président.

Pompidou comprit radical-socialiste, centriste donc, et fut rassuré. Lorsque des voix éructèrent au sein des droites, la politique et la culturelle, il était trop tard.

Ses enfants se remettaient difficilement de la mort de leur grand frère. Marie, qui avait redoublé d'efficacité dans les sombres semaines de l'été 1971, fit une dépression à la rentrée. Jean-Louis la soigna. Son petit frère Gilles s'installa sans mot dire à sa table de travail afin de l'y faire revenir petit à petit. Elle reprit pied en s'intéressant au Chili où le socialiste Allende engageait des politiques très à gauche tout en respectant la démocratie. L'été venu, Marie y partit avec Gilles, son ami Pierre Wiaz et sa jeune femme Fabienne Servan-Schreiber, la fille de Jean-Claude. Grâce à Jacques, Marie put rencontrer Pablo Neruda qui était ambassadeur du Chili à Paris. Quant à Colette, elle avait fait jouer ses relations pour lui obtenir le maximum de contacts. Par l'entremise de son ami Robert de Billy qui présidait la Maison de l'Amérique latine, Marie put rencontrer Allende et s'entretenir longtemps avec l'ancien président, le démocrate-chrétien Eduardo Frei, ainsi qu'avec les principaux ministres, communistes, socialistes, radicaux, chrétiens de gauche. La petite bande des quatre Français défila sur la grande avenue de Santiago en criant :

Allende, Allende, el pueblo te defiende !

En ces temps quasi révolutionnaires, il était facile de se faire des amis au Chili. Avec une lettre de Robert de Billy, Marie rencontra les Gumucio, par les Gumucio, les Castillo, et par Carmen Castillo… Régis Debray. Fraîchement sorti de sa prison de Camiri, il lui accorda une bonne heure dans un café près du palais de la Moneda. Marie s'en souviendrait toute sa vie, elle en était sûre.

Elle rentra à Paris pleine d'informations, d'analyses, d'enthousiasme et écrivit son mémoire de troisième cycle sur cette révolution dans la légalité. Gilles avançait dans ses études de médecine. Stéphane venait voir son père tous les soirs. Colette devait ajouter à la plaie toujours ouverte par la mort de Jérôme le poids de la maladie de Jacques.

Après la révolution théâtrale, Jacques s'attaqua au cinéma et abolit la censure politique. Il lui fallut monter aux extrêmes. Un film dénommé *Français si vous saviez* évoquait la mise en cause de Michel Debré dans l'attentat dit du Bazooka en 1957. Le ministre de la Défense, le gardien du temple gaulliste, aurait été associé à la tentative d'assassinat du général Salan. Sans l'affirmer, le film d'André Harris et Alain de Sédouy laissait planer le doute. Averti avant sa diffusion, Michel Debré en demanda l'interdiction. Jacques s'en expliqua avec Pompidou.

— Il est hors de question d'interdire un film pour des raisons politiques.

— Mais il met en cause sans preuve un des fondateurs de la Ve République.

— Eh bien, qu'il utilise les voies de droit. Laissons faire la justice.

— Vous me mettez en difficulté par rapport à Debré.

— Je vous mettrais en bien plus grande difficulté si je démissionnais.

Pompidou comprit et céda. Jacques garda l'incident pour lui. Par correction, d'abord. Et aussi pour conserver cette arme en cas de nécessité.

La censure politique était enfin *de facto* abolie en France.

Les conservateurs qui dominaient cette majorité de droite durent avaler une troisième couleuvre, à savoir, abomination, la nomination d'un étranger à la tête de l'Opéra de Paris. Invité par le ministre dans son bureau, Rolf Liebermann lui confia qu'en débarquant à Orly il était encore très hésitant, mais que ses doutes disparurent lors du trajet jusqu'à Paris.

— Vous avez eu la gentillesse de m'envoyer chercher par votre chauffeur. Quelle ne fut ma surprise de voir dans la DS ministérielle un appareil pour écouter des cassettes. J'ai demandé qu'on le mette en marche et entendu un peu de *Don Giovanni.* Comment dire non à un ministre qui écoute Mozart dans sa voiture ?

La droite politique finit par s'en accommoder. Pas la culturelle qui dut subir au palais Garnier la multiplication des cantatrices étrangères, telles Teresa Berganza ou Kiri Te Kanawa, et des ténors comme Placido Domingo ou Pavarotti. Pire encore, Liebermann redonna toute sa place à la danse y compris contemporaine et fit se produire non seulement Roland Petit, mais, plus grave, Maurice Béjart. Les réacs éructaient, Jacques exultait.

Aux élections législatives de mars 1973, une fois encore, les Jurassiens exprimèrent leur attachement à leur bailli. Jacques obtint 51 % des suffrages exprimés au second tour des législatives de 1962, 52 % en 1967, 78 % en 1968, parce que, à son corps défendant – et même à sa grande fureur –, Pompidou retira le candidat gaulliste Robert Grossmann largement devancé au premier tour, en pleine déferlante gaulliste, et enfin, 58 % en 1973, résistant à la poussée de l'union entre socialistes et communistes.

Au lendemain des élections, Pompidou le fit venir à l'Élysée.

— Jacques, je veux que vous restiez aux Affaires culturelles. Vous y excellez. La droite ne vous aime pas, la gauche si, mais je m'en fiche. Et même pour tout dire, à ce poste, mieux vaut cela que l'inverse, vu que les cultureux sont presque tous de gauche. Au-delà de ces considérations politiciennes, toujours utiles, vous faites de l'excellent travail sur le fond.

— Je ne peux pas, monsieur le Président. Je suis malade.

— Allons, votre cerveau n'est absolument pas touché.

— Certes, mais les Français ne le savent pas. Je parle mal, un ministre doit parler.

— Eh bien, parlez moins.

— Impossible. J'arrête. C'est une question de dignité.

Pompidou pâlit. Jacques ignorait à quel point lui aussi était malade.

1973

Colette allait sur ses cinquante ans. Sa vie brisée par la mort de Jérôme, elle s'était réfugiée de nouveau chez Gallimard pour ne pas se détruire à petit feu. En septembre 1971, Claude l'avait accueillie avec une chaleur chez lui inhabituelle.

— Cela vous fera du bien de retravailler chez nous. Et cela me fera du bien de travailler avec vous.

— Je vais reprendre le suivi de la littérature américaine. Hors de cela, je ne vois pas bien ce que je peux vous apporter.

— Mais beaucoup, Colette, beaucoup. Je ne peux pas compter sur grand monde ici. Chacun ne voit que son intérêt et celui de ses écuries. Je vais vous donner le petit bureau à l'entrée du couloir à gauche. Comme cela vous ne serez pas loin…

Claude Gallimard ressemblait beaucoup à son père, le légendaire Gaston, et un peu à Droopy, le héros de Tex Avery, avec ses bajoues de basset qui dégringolaient, son air triste, et son débit d'une lenteur rare. Claude n'aimait pas facilement, parce qu'il ne s'aimait guère. Il ne s'aimait guère parce qu'il n'avait guère été aimé. Son père, Gaston, le fondateur de la maison, lui avait toujours préféré son neveu et fils spirituel Michel. « Heureusement » pour Claude, Michel était mort en 1960, avec Albert Camus à ses côtés, en revenant de Lourmarin. Claude devint alors le seul dauphin possible. Il devait tout à la Providence, pas grand-chose à d'autres, sinon, facteur aggravant, d'être le fils de son père. Alors Claude se méfiait. De tous.

À cette même rentrée 1971, le monde politique bruissait des différends croissants entre le président Pompidou et son Premier ministre, Jacques Chaban-Delmas. À la fin septembre, Simon Nora, conseiller spécial de Chaban, vint prendre un verre en fin de journée chez son vieil ami Jacques Duhamel, dans la maison où il venait d'emménager quai de la Tournelle avec Colette, Micou et Jean-Louis. La lumière rasante du jour déclinant éclairait encore le haut de Notre-Dame.

À l'invite de Jacques, il se servit un solide whisky.

— Excuse-moi de te laisser te servir, mais avec cette foutue maladie, je contrôle mal mes gestes.

— Je m'en veux de venir te livrer mes états d'âme, toi que rien n'épargne. Est-ce que Colette surmonte la mort de Jérôme ?

— J'ai beaucoup insisté pour qu'elle retravaille chez Gallimard. Elle va crouler sous les manuscrits à lire. Rien de mieux pour ne pas sombrer. Et puis, tu la connais, elle a une vitalité incroyable. Alors dis-moi ce qui t'amène…

— Notre « nouvelle société » a du plomb dans l'aile. Pompidou se laisse de plus en plus influencer par Garaud et Juillet. Nous n'allons plus pouvoir faire grand-chose.

— Je le crains. Moi, il est obligé de me laisser tranquille, vu mon poids politique disproportionné par rapport au ministère des Affaires culturelles, tenu pour petit.

— Petit pour le monde politique étriqué. Tout ce que tu fais pèsera lourd dans la colonne des actifs du bilan de Pompidou.

— Donc toi, tu en as assez…

— Disons que j'ai une opportunité. On me propose la direction d'Hachette.

— Diriger une entreprise, une des rares cordes qui manquait à ta guitare. Et une entreprise culturelle en plus. N'hésite pas.

— J'étais sûr que tu me dirais cela.

— Oui, c'est même la raison de ta visite, que je te conforte dans le choix que tu as déjà fait.

Simon éclata de rire. Jacques sourit.

— Et tu n'as pas besoin de me dire que c'est confidentiel.

— Te l'ai-je dit ?

Ils s'embrassèrent.

En 1972, la maison Gallimard entra dans la zone des tempêtes. Depuis près de soixante ans, ses livres étaient distribués par Hachette dans des conditions privilégiées. Le contrat liant David à Goliath était très favorable au premier. Lors de ses renouvellements, en 1949 puis 1956, Gaston avait dû céder du terrain. Hachette prenait désormais 48 % du prix des livres pour en assurer la distribution chez les libraires – presque le pourcentage normal, mais pas tout à fait quand même, la norme se situant à 50 %.

À la fin 1971, Simon Nora quitta donc le cabinet de Chaban pour prendre la direction d'Hachette. Où qu'il fût, Simon se battait toujours pour la cause, bousculant toutes les lignes pour porter plus haut, plus loin ses compagnons d'aventure. La Résistance dans le Vercors fit de lui un héros incontestable. Dans les cabinets sous la IVe République, il défendait toujours les positions les plus audacieuses, avec son complice Jacques Duhamel. En 1967, son rapport sur les entreprises publiques prônait leur autonomie, ce qui fit quasi scandale dans la sphère très colbertiste de la haute administration. Deux ans après, revenu à Matignon, il fut, avec Jacques Delors, le concepteur de la « nouvelle société » que Jacques Chaban-Delmas imaginait pour transformer la France, là encore soutenu par Jacques Duhamel, ministre de poids puisqu'il dirigeait le troisième parti de la majorité, le Centre démocratie et progrès (CDP), le plus petit certes, mais le dernier arrivé, qui avait fortement contribué à l'élection de Pompidou en mai 1969. Simon et les trois Jacques (Chaban, Delors, Duhamel) étaient les bêtes noires du duo conservateur qui entourait Pompidou à l'Élysée. Ils savaient tenir tête à Marie-France Garaud et Pierre Juillet. Mais Simon était trop lucide pour ne pas percevoir que, au bout de l'histoire, ces derniers l'emporteraient. Au fil des ans, le pouvoir rabote le courage et rétrécit ses détenteurs. Dans le cas de Pompidou, la maladie accentuait le glissement conservateur. Simon avait donc saisi l'occasion offerte de devenir entrepreneur. Le conseiller de Matignon était devenu le patron d'Hachette.

Claude à la tête de Gallimard, Simon Nora à celle d'Hachette, les choses auraient pu se passer en douceur.

Léone, la femme de Simon, n'avait-elle pas été attachée de presse de la NRF avant de devenir celle de Jacques à la Culture ? Pierre, son frère, ne dirigeait-il pas avec succès l'immense secteur de la non-fiction ? Claude n'avait aucune inquiétude. Et lorsque Simon l'appela pour prendre rendez-vous, il se persuada que la négociation, qui traînait depuis des mois, aboutirait enfin, laissant à Gallimard son petit mais fructueux privilège.

— Pierre, c'est réglé, j'ai eu Simon au téléphone.

— Vous êtes sûr ?… Tant mieux, si c'est le cas.

Claude ne perçut guère le doute, qui valait pourtant avertissement. En redescendant au rez-de-chaussée, il passa dans le petit bureau de Colette avant de rejoindre le sien.

— Je viens de voir Pierre Nora et je lui ai confirmé que tout allait se régler avec son frère.

— Simon vous a dit qu'il renouvelait le contrat à 48 % ?

— Non, juste qu'il voulait me voir pour conclure la négociation.

— Claude, je connais Simon depuis plus de vingt-cinq ans. Il défendra les intérêts d'Hachette aussi mordicus que vous défendez ceux de Gallimard.

— Je vous trouve trop pessimiste. Enfin, nous verrons bien.

Colette n'était pas pessimiste – seulement réaliste. L'entretien entre Simon Nora et Claude se passa au plus mal. Le nouveau directeur d'Hachette plaida pour l'alignement sur les taux pratiqués par tous les distributeurs.

— Il n'y a aucune raison de privilégier Gallimard par rapport aux autres éditeurs. En plus, nous venons de lancer *Le Point*, et cet investissement nous coûte cher.

— *Le Point*, c'est votre problème, pas le mien. Vous réglez vos comptes avec Jean-Jacques Servan-Schreiber.

— Je ne règle aucun compte. Il veut transformer *L'Express* en organe de propagande pour le Parti radical. Ce n'est pas notre conception d'un newsmagazine.

— Restons sur notre sujet. Gallimard n'est pas un éditeur comme les autres.

— J'en conviens. Mais Hachette est un distributeur comme les autres. Plus question d'accorder des faveurs.

— Alors nous n'avons plus rien à nous dire.

Claude ne raccompagna même pas Simon à la porte.

Trois minutes après, il se précipita dans le bureau de Colette.

— C'est vous qui aviez raison. Ce type est un vautour.

— Il protège son entreprise. Qu'allez-vous faire ?

— Jacques ne peut pas nous aider et infléchir son ami Simon ?

— Je doute qu'il accepte d'intervenir. Non parce que Simon est son ami, mais parce que je travaille chez vous. Jacques refuse toujours de faire interférer ses intérêts personnels. Et à ses yeux les miens demeurent les siens.

— Il est décidément rigide, votre Jacques.

— Je dirais « rigoureux »… Il ne faudrait pas que cette affaire rejaillisse sur vos relations avec Pierre.

— Vous avez raison. Je vais lui parler.

Claude monta au premier étage et entra dans le bureau de Pierre Nora sans frapper. Il s'assit en face de lui :

— Pierre, il faut que vous le sachiez, le conflit avec Hachette ne change rien entre nous. Simon, c'est

Simon. Hachette, c'est Hachette. Et Pierre, c'est Pierre. Et vous travaillez pour Gallimard.

— Mais bien sûr, Claude, pourquoi voulez-vous que cela change quoi que ce soit ?

— Bien sûr. Mais je voulais vous le dire, pour qu'il n'y ait pas de malentendu.

Claude sortit. Son insistance laissa Pierre Nora perplexe. Sa longue lune de miel avec Gallimard allait-elle connaître une éclipse ? Il rendit une visite amicale à Colette, qui s'efforça de le rassurer.

— Vous savez, Pierre, combien Claude se méfie toujours de tout. Mais il sait tout ce que vous apportez à la maison. Il a raison de se prémunir contre Hachette. Contre vous, il aurait tort.

— Je sais surtout qu'en cas de nuages je peux compter sur vous pour les dissiper.

Les jours qui suivirent, Colette prit soin, par petites touches, de vanter auprès de Claude les mérites de Pierre Nora et de la trilogie *Faire l'histoire* qui serait bientôt publiée. Tout allait encore bien, jusqu'au malentendu fatal.

Les Nora venaient de perdre leur père. Il fallait régler la succession. Simon donna rendez-vous à Pierre au café l'Espérance, 36, rue de l'Université, tout près de la rue Sébastien-Bottin, afin de signer des papiers pour le notaire. Par hasard, Claude pénétra dans ledit café et les aperçut avec leurs papiers étalés sur la table. Il ressortit précipitamment, rejoignit la maison d'édition et ordonna aussitôt à tous ses proches collaborateurs de ne plus informer Nora de rien, parce qu'il venait de le surprendre en train de donner à son frère tous les secrets de fabrication de Gallimard !

Une longue période de mise à l'écart s'ensuivit. Pierre demanda à Colette d'intercéder en sa faveur, tant le soupçon était absurde. Elle lui promit de le faire, mais à sa manière, qui, cette fois, serait tout en douceur. Elle savait Claude paranoïaque, et elle savait aussi qu'il ne faut jamais brusquer les paranoïaques, sans quoi ils y voient une preuve supplémentaire du complot à leur encontre.

Quelques jours après, Christian Gallimard fit irruption dans le bureau de son père. Le fougueux fils aîné saisit aussitôt l'occasion de renforcer son pouvoir, au détriment de Pierre Nora, qu'il n'aimait pas ; et, plus encore, à celui de son frère Antoine. Il fallait être seul en lice le jour où Claude céderait la place.

— Hachette ne veut plus reconnaître notre statut à part. On n'a qu'à se passer d'Hachette.

— « Y a qu'à » comment ?

— En créant notre propre société de distribution.

— Je vais y réfléchir.

Claude consulta Colette, comme d'habitude. Et Colette s'enthousiasma pour la solution audacieuse que proposait Christian.

— Il faut montrer à Hachette que vous n'avez aucun besoin d'eux. Que des gens compétents évaluent la faisabilité, et si elle est confirmée, foncez. Cela sera mis à votre actif.

Ainsi naquit la Sodis, qui devint très vite une belle réussite. Et, dans la foulée, puisque les ponts étaient rompus avec Hachette, Claude et Christian créèrent leur collection de poche, dénommée « Folio ». Belle couverture blanche, rappel subliminal de la marque Gallimard, la collection « Blanche », et façon de se démarquer des couvertures si colorées, « vulgaires », des autres collections de poche.

Colette reçut, comme souvent, la visite du génial Massin, le directeur artistique de la maison.

— Bravo pour « Folio ». Ces couvertures se remarquent par leur élégance et leur différence. Choisir le blanc, il fallait y penser. Et le recours systématique à un illustrateur aussi. Décidément, Massin, vous êtes le meilleur.

— Avez-vous remarqué la police de caractères que nous avons choisie pour le nom de l'auteur et le titre ? « Baskerville old face », du nom de John Baskerville qui l'a inventée à Birmingham en 1725 ? J'adore ses empattements qui terminent si joliment chaque caractère.

Last not least, Claude et Christian recrutèrent cette même année 1972 le génial Pierre Marchand, l'apprenti typographe, magasinier aux éditions Fleurus dont il devint en moins de dix ans l'un des cadres dirigeants. Avec lui, grâce à lui, Gallimard créa et développa un secteur Jeunesse exceptionnellement inventif, notamment avec sa collection « Découvertes ».

Parallèlement, Antoine, le cadet, entra dans la maison. Claude le chargea de créer « Tel », une nouvelle collection de semi-poches qui reprendrait les titres de référence en sciences humaines déjà publiés dans la maison, les rééditerait tels quels, et les vendrait deux à trois fois moins cher. Claude faisait ainsi d'une pierre deux coups. Il humiliait Nora dont il continuait de penser qu'il l'avait trahi. Il donnait une fonction à Antoine au moment où Christian atteignait son zénith. Belle attention du père… ou utile précaution pour ne pas mettre tous ses œufs dans le même panier.

Ainsi, en 1971, Gallimard se trouvait gravement fragilisé. En 1972, des choix audacieux furent pris. En 1973, la vénérable maison, renforcée, put reprendre son envol.

1977

Il s'appelait Jo. Il était malais. Il avait pour unique bien un cheval de course – du moins le croyait-il. Thierry l'avait rencontré à la frontière entre l'Afghanistan et le Pakistan. Ils avaient sympathisé. Un soir d'automne, Thierry l'avait retrouvé à Paris et ramené quai de la Tournelle pour le présenter à Jacques. Jo ne parlait pas un mot de français, Jacques maîtrisait l'anglais, mais avec un accent à couper au couteau. Qu'importe. Jacques n'aimait plus parler, vu le nombre de mots qu'il devait répéter pour tenter d'être compris. Il voulait quelqu'un qui l'aide à se déplacer, et qui limite ses déplacements. Personne n'envisageait qu'il se retire dans quelque lieu médicalisé. La Tournelle était devenue une grotte de survie. Jacques ne supportait pas l'idée que Colette doive rester enfermée des heures à ses côtés. C'était déjà miracle qu'elle y passe toutes les nuits. Jo offrait la solution, d'autant plus appropriée qu'il n'avait jamais connu Jacques valide, ni même modérément handicapé. D'autres dégradations viendraient, certes, mais au moins, au moment de leur rencontre, était-il déjà assez détérioré.

Un matin, Jo, en arrivant, fit rire Jacques comme il ne l'avait pas fait depuis longtemps.

— *This night, I learned two words of french. I learned: « Oui ! Oui !! Oui !!! Encore ! Encore !! Encore !!! »*

Jacques décida de vivre quelques semaines de plus.

Un des rares soirs où Stéphane n'était pas auprès de son père, Gilles en profita pour un échange intime.

— C'est particulièrement enrageant pour Jean-Louis et moi qui sommes médecins de ne même pas pouvoir freiner la progression de la maladie.

— Jean-Louis pourra m'aider à ne pas aller au-delà d'un certain point dans la dégradation.

— S'il ne veut pas, je le ferai.

— Je préfère ne pas demander cela à mon fils. Et j'ai confiance en lui, il ne se dérobera pas.

Colette voyait de plus en plus souvent Claude Gallimard. Pas seulement rue Sébastien-Bottin – Claude venait plusieurs fois par jour dans le petit bureau qu'elle occupait au rez-de-chaussée, avec fenêtre sur cour. Ils sortaient parfois le soir, pour aller au cinéma ou au théâtre. Colette le disait à Jacques sans fard. La première fois, elle avait hésité quand même. Il avait aussitôt répondu à cette révélation implicite par un grand sourire, empli d'amour. Et après, c'est lui qui de temps en temps l'incitait à sortir.

À la fin de l'hiver 1976, Colette dit à son mari qu'elle aimerait accompagner Claude dans un voyage à Cuba, afin d'aider quelques écrivains en dissidence pas encore emprisonnés. Jacques l'encouragea. Restait quand même un sérieux problème.

— Je ne peux pas te laisser seul. Tu crois que Jo resterait avec toi vingt-quatre heures sur vingt-quatre ?

— Pas question de lui demander cela. Je vais voir avec Micou. Il suffira d'installer un talkie-walkie entre sa chambre et la mienne.

Micou refusa catégoriquement. Veiller sur son jumeau ne la dérangeait pas. Encourager la liaison entre Colette et Claude la révulsait. Jacques ne parvint pas à la convaincre. Colette renonça à Cuba.

Quelques jours après, Marie passait une de ces fins de journée qu'elle goûtait, seule avec son père. Il l'entreprit :

— Je suis vraiment désolé que ta mère ne puisse faire ce voyage à Cuba avec Claude.

— Tu es désolé ? Tu voudrais qu'elle parte ?

— Elle a besoin d'air. Et de préparer sa vie d'après.

— Sa vie d'après ?

— Sa vie d'après moi. Avec Claude.

— Tu es sérieux ?

— Très sérieux, et tu sais bien que j'ai raison. Ta mère ne va pas s'éteindre à cinquante ans à peine passés.

— Donc si c'était possible, tu aimerais qu'elle aille quinze jours là-bas avec lui.

— Absolument.

— Eh bien, c'est possible. Où est le problème ?

— Tu sais bien que je ne peux pas rester seul si je dois me lever la nuit. Et je ne veux pas imposer à Jo une présence constante. Quant à Micou, tu la connais, elle a compris, et elle ne veut pas en entendre parler.

— D'accord. Alors tu viens habiter chez moi.

Ainsi fut fait.

Marie passa deux semaines merveilleuses avec Jacques. Grâce aux vacances de Pâques, elle n'avait pas de travaux dirigés à assurer. Il faisait plein soleil, jour après jour. Elle et Jacques s'asseyaient des heures pour regarder les parties de pétanque au Luxembourg. Ils s'étaient pris d'amitié pour un exilé républicain espagnol à la retraite, excellent tireur. Ils ne cessaient de l'encourager. Ils allèrent aussi plusieurs fois au cinéma. Marie fit découvrir à son père *Taxi Driver*. Il lui commenta longuement *Les Hommes du Président*, vantant les mérites de la démocratie américaine, capable de renvoyer un chef d'État en cours de mandat. Quant à *L'Innocent*, de Visconti, il s'opposait en tout point à ce que Jacques, Colette et Claude étaient en train de vivre.

Vint le jour du départ, le jour du retour. Jacques et Marie prirent un dernier café dans la cuisine ensoleillée. Les yeux du père se mouillèrent. Il dit à sa fille :

— Ne me fais plus jamais ça !

— Plus jamais quoi ?

— Plus jamais un tel bonheur. Il faut que je meure.

Deux mois plus tard, à la fin juin, arriva ce qui, pour Jacques, fut le pire. Il était avec Colette et Claire Wiazemsky en train de regarder un film à la télévision. Pris d'un besoin pressant, il lui fallut se lever et franchir les neuf mètres le séparant de la salle de bains. Claire lui donna le bras. Il trébucha, tomba et se fit dessus.

La semaine suivante, lui et Marie partageaient leur moment privilégié entre chien et loup. Colette avait informé sa fille de l'incident pour qu'elle sache à quel point il avait affecté Jacques. Cela la plongea dans un abîme d'interrogations. Son père restait silencieux, assis sur le canapé du salon. Elle aussi, sur le fauteuil en face. Elle le regarda en se demandant s'il restait sur sa résolution de ne pas aller au-delà de la ligne entre dégradation et déchéance. Dans l'affirmative, faudrait-il que ce soit elle qui mette fin à ses jours, par respect pour lui, par amour ? Et là, alors qu'elle n'avait pas prononcé le moindre mot, il lui dit :

— Ne t'en fais pas, c'est très bientôt fini.

Comment diable avait-il lu ses pensées ?

Le mercredi 6 juillet, Marie passa embrasser son père avant de partir quelques jours à la campagne. Elle le trouva très serein.

— Tu as l'air bien, autant que cela soit possible. C'est la douce chaleur de ce début juillet ?

— Pas seulement.

— Quoi d'autre ?

— Rien de spécial.

— Tu me caches quelque chose.

— Sûrement pas que je t'aime. Tu sais comme je t'aime…

— Oui.

— Et tu le sauras toujours.

— Toujours.

Le lendemain à 8 heures du matin, Colette appela sa fille.

— Bilou est mort cette nuit.

Elle n'utilisait ce surnom d'affection qu'avec lui.

— J'arrive, émit Marie juste avant de hoqueter.

Le surlendemain, Marie était dans le salon avec ses frères, Stéphane et Gilles, et son oncle Jean-Louis. La sonnerie d'entrée retentit. Stéphane alla répondre à l'interphone.

— C'est le médecin légiste.

Marie entraperçut un nuage d'angoisse passer dans le regard de Jean-Louis. Elle comprit.

1991

Le 14 novembre 1980, Colette épousa Claude dans l'intimité. La tribu Duhamel-Funck n'avait pas caché ses réticences. Les uns, en première ligne Jean-Louis, disaient redouter qu'elle ne soit prise dans les conflits entre les enfants de Claude, les autres évoquaient la mémoire de Jacques. Seule Marie défendait mordicus le choix de sa mère, répétant que c'était aussi celui que Jacques avait exprimé avec force. La veille du mariage, elle était allée voir Colette dans son petit bureau et lui avait dit :

— Maman, tu sais combien je t'approuve. Je pense cependant que tu devrais garder ton nom et continuer de t'appeler Colette Duhamel.

La réplique cingla :

— Mon nom, c'est Rousselot.

Et Colette Duhamel devint Colette Gallimard.

Colette relâcha quelque peu le suivi de la littérature anglo-saxonne pour épauler Claude dans sa relation avec les auteurs. Pour le reste, elle évita de s'immiscer dans la gestion des éditions. Elle intervint cependant une première fois lorsque Claude lui annonça que, sur les conseils de ses financiers, il allait vendre la librairie du boulevard Raspail.

— Vous ne pouvez pas faire une chose pareille. La librairie, c'est une partie de la maison. Si vous faites cela, je divorce.

La librairie ne fut pas vendue.

Colette tenait par-dessus tout à la survie des éditions Gallimard. Elle était à la fois la mieux et la plus mal placée pour y veiller. La mieux : personne n'influençait Claude autant qu'elle. La plus mal : plusieurs personnes, au premier rang desquelles les enfants de Claude, tant les aînés, Christian et Françoise, que les cadets, Antoine et Isabelle, la soupçonnaient de vouloir placer sa fille Marie à la tête de la maison, le jour venu. Ce fantasme était dénué de sens. Ni Colette ni Marie ne supportaient les pouvoirs hérités, sans quoi la mère aurait cherché à diriger Plon, et la fille serait députée du Jura. Que cette crainte n'ait aucun fondement ne l'empêchait pas de se répandre : Marie possédait une énergie et un charisme parfois inquiétants. Les enfants Gallimard avaient en outre hérité de la méfiance maladive qui affectait leur père. Lui savait pourtant que Colette ne visait en rien un tel objectif. Aussi Claude écoutait-il sur ce sujet comme sur les autres les conseils de celle qu'il avait épousée dix ans plus tôt.

Colette insistait régulièrement sur la nécessité de choisir entre les deux fils.

— Vous devez penser à votre succession. Il en va de la pérennité de Gallimard.

— Il y a de la place pour tout le monde dans la maison. Antoine excelle dans la relation avec les auteurs, Christian a fait ses preuves pour les questions financières et commerciales.

— Cela n'empêche qu'il faudra un patron et un seul. En plus, vous savez bien qu'ils se détestent et que tout cela aurait dégénéré depuis longtemps sans vous. Tout cela dégénérera lorsque vous ne serez plus là.

À force de le lui dire et redire régulièrement, Colette avait fini par convaincre Claude. Il le lui révéla lors du nouvel an 1983, qu'ils passaient comme chaque année à Megève.

— J'ai bien réfléchi. Je choisirai. Lequel des deux verriez-vous après moi ?

— Le même que vous.

— Antoine ?

— Évidemment.

Ainsi Claude fut-il convaincu d'avoir choisi seul. En vérité, Colette n'avait cessé au fil des années de louer les qualités d'Antoine et de souligner à quel point Christian était trop caractériel pour diriger des équipes. Mais elle le fit sobrement, comme une fée invisible protégeant l'enfant qui grandit.

Elle n'était pas intervenue lors de l'éviction de Christian en 1983, se contentant d'approuver Claude lorsqu'il se résolut à suivre la demande de la plupart des chefs de service de la maison. Autant Christian avait réussi la création de la Sodis lors de la rupture avec Hachette, autant il avait pris ensuite des risques inconsidérés en s'alliant avec une société lyonnaise pour distribuer les livres de la maison dans le Midi. Les traites s'étaient accumulées, mettant Gallimard en danger. Les cadres dirigeants demandèrent donc à Claude de se séparer de son fils aîné. Christian ayant refusé de partir s'installer à Lyon pour apurer la situation, Claude se résolut à s'en séparer.

Antoine était donc devenu le successeur désigné. Heureusement que Claude avait écouté Colette et s'était décidé dès 1983. Quatre ans plus tard, ses trous de mémoire à répétition alertèrent Colette, qui l'emmena consulter à la Pitié-Salpêtrière. Le verdict fut sans appel : Alzheimer. Au fur et à mesure que son père avançait dans la nuit, Antoine apparaissait de plus en plus clairement comme le vrai patron. Colette avait un peu retardé l'officialisation du passage de relais, tant elle jugeait nécessaire que Claude restât actif pour garder un peu de lumière, extérieure et intérieure. Elle se battait pied à pied, forçait Claude à tenir un carnet à jour y inscrivant d'abord ses rendez-vous, puis de qui il s'agissait. Les résultats étaient impressionnants. La gérontologue, le docteur Forest, qui suivait Claude, l'encourageait à continuer, sans lui cacher que les choses ne pouvaient qu'aller de mal en pis.

L'enfoncement dans la nuit était en effet freiné, pas arrêté. Colette aimait Claude. Mais elle aimait tout autant les éditions Gallimard. Pas question de les sacrifier pour réduire le mal-être de son mari. Cinq ans après l'avoir aidé à choisir, elle le convainquit, devenu malade, et chaque jour un peu plus, de passer officiellement la main. En 1988, Antoine devenait enfin P-DG.

L'accalmie ne dura guère. Les premiers coups ne vinrent pas de Christian, comme attendu, mais de Françoise. Peu aimable, donc mal aimée et guère utilisée, la fille aînée de Claude était décidée à se venger. En janvier 1990, elle décida de mettre en vente la part d'actions qui lui était revenue de Claude, et confia à une banque américaine, Ansbacher, le soin de s'en charger. Et, s'estimant abusivement licenciée, elle y ajouta une procédure pour obtenir des indemnités. Antoine proposa alors une transaction, avec nomination d'un expert indépendant, afin de fixer la valeur de ses actions. Françoise refusa. Antoine comprit que la guerre commençait.

Christian décida de s'y joindre. Lui et Françoise intentèrent un recours en justice pour contester la cession par Claude à Antoine d'une partie de ses actions, au-delà de la part successorale légale. Les avocats d'Antoine démontrèrent sans peine que les 13 % qu'il lui avait donnés en plus des 12,5 % reçus par chacun des quatre enfants correspondaient à la quotité disponible. Ils contestaient cependant toujours l'évaluation de la société qui avait servi de base aux cessions. Aux 22 millions de francs alors retenus, Christian, Françoise et leurs experts opposaient une valeur estimée à 1,8 milliard. Quatre-vingts fois plus ! Et ils annonçaient qu'ils vendraient leurs parts sur cette base. Bouygues, Maxwell et quelques autres pointèrent le nez.

Le 29 avril 1991, Claude Gallimard s'éteignit. Jean-Luc Lagardère entra alors en scène. Il était de longue date lié à Colette, la marraine de son fils Arnaud. Au début des années soixante, Jean-Luc n'était qu'un jeune ingénieur de chez Dassault. Jacques lui avait même prêté de l'argent… En quelques années, il était devenu le patron de Matra, puis d'Hachette, aussi puissant que riche, et toujours entrepreneur. Pour lui, Colette faisait partie de la famille. Il téléphona à Marie, qu'il aimait beaucoup.

— Vois avec Colette ce qu'elle souhaite. Si elle le veut, nous rachèterons Gallimard. Sinon, nous ne bougerons pas.

— C'est trop gentil, Jean-Luc. Je l'appelle et je te dis.

Marie s'acquitta aussitôt de la tâche qui lui était confiée. Sa mère le prit très mal.

— Gallimard racheté par Hachette ? Tu n'y penses pas ! Comment peux-tu me faire une suggestion pareille ?

— Mais je ne te suggère rien, maman, je relaie une proposition de Jean-Luc. Et je te signale en plus qu'elle est exceptionnellement gentille, cette proposition. Jean-Luc demande ce que tu veux et ajoute qu'il se conformera à ton vœu.

Après un assez long silence, Colette se calma.

— Tu as raison. Remercie-le pour moi. Mais dis-lui bien que Gallimard veut rester indépendant, et que je le veux aussi. Absolument.

Christian mit Colette en cause, prétendant qu'elle avait profité de l'état de faiblesse de Claude pour lui faire choisir Antoine. Colette s'en trouva très meurtrie. Le choix d'Antoine remontait à 1983, bien longtemps avant les premiers signes d'Alzheimer. Elle se confia à sa fille Marie, dans un de ses très rares moments d'abandon.

— Tu vois, ma fille, je ne nierai jamais que j'ai aidé Claude à trancher entre ses deux fils pour assurer la survie de Gallimard. Mais m'accuser d'abus de faiblesse, c'est faux, et c'est ignoble.

— Ne t'inquiète pas, maman chérie, je vais trouver le moyen de le faire taire.

Marie appela son ami l'avocat Jean Veil. Il se dévoua aussitôt pour joindre les avocats de Christian et les inciter à ne pas le laisser emprunter une voie aussi inexacte que diffamatoire. Ils s'y employèrent, mais Christian ne voulut rien entendre. Marie décida alors d'employer les grands moyens. Elle appela elle-même Christian.

— Tu sais que tout cela ne repose sur rien. Claude t'a écarté il y a sept ans, en pleine possession de ses moyens.

— Ta mère l'a influencé.

— Et alors ? Il était assez grand pour suivre son conseil ou pas. Donc tu arrêtes. Sinon, je te ferai taire.

— Je ne vois pas comment.

— Par les moyens appropriés.

— C'est une menace.

— Absolument. J'ai un ami dans le grand banditisme. S'il le faut, j'embaucherai un tueur à gages.

— Tu plaisantes.

— Pas le moins du monde. Si tu n'arrêtes pas, dans un mois tu es mort.

Il arrêta.

En même temps, Antoine organisait bien sa défense. Sur le front intellectuel, d'abord. Jean-Bertrand Pontalis, le psychanalyste et écrivain, donna de la plume dans *Le Nouvel Observateur* en publiant un article intitulé « Éloge des savetiers » – contre les financiers donc. Pierre Nora se joignit à l'opération en écrivant : « Quand le capital, c'est le style ». Philippe Sollers se chargea du *Figaro.* Au ministère de la Culture, Jack Lang prit ouvertement parti pour Antoine. Le président de la République lui-même fut alerté – il flânait souvent entre les rayons de la librairie Gallimard, à l'angle Raspail-Grenelle. Les soutiens vinrent de tous côtés, de Daniel de Crozefon, son masseur personnel, dont la patientèle regorgeait de personnalités influentes, de Danielle Mitterrand, que Colette connaissait bien, en même temps que celui de plusieurs écrivains de la maison, de Lang, évidemment. Consigne fut donnée aux banques, sensibles à ce qui venait du plus haut, de ne pas participer à l'agression des aînés et de soutenir Antoine, ce que fit la BNP. Aidé par des investisseurs institutionnels tels la Caisse des dépôts, la Macif, Natexis, Antoine parvint à constituer une holding, Madrigall, détenant 50,8 % des actions de la maison. Désormais elle lui appartenait. Et elle continuait.

Colette eut le sentiment d'une mission accomplie.

1997-2009

Vingt ans après la mort de Jacques, Jean-Louis appela Marie :

— *J'ai un cancer du pancréas. Je serai mort dans trois mois. J'ai eu une très belle vie et j'interdis que l'on pleure. Micou fera une veuve épatante.*

Quelques jours plus tard, sa nièce passa un long moment avec lui dans un de ces avant-dîners où il aimait siroter son whisky. La tristesse l'envahit de voir qu'il lui en offrait un, mais n'en prenait plus. Elle lui demanda :

— Tu m'as promis une lettre à ta mort pour me raconter celle de Jacques.

— À quoi bon ? Tu as tout compris.

— Donc je peux le raconter ?

— Oui, à condition que ce soit avec un minimum de talent littéraire.

Il mourut le 3 juillet 1997 et fut enterré à Sanary.

Pour ses quatre-vingts ans, la *familia grande* offrit à Colette un ouvrage privé, imprimé au modèle de la collection « Blanche », avec pour nom d'auteur « Amis » et pour titre son prénom. Une cinquantaine de personnalités et de proches y avaient écrit des lettres à son intention. À peine passée la surprise de retrouver la plupart d'entre eux dans l'appartement de sa fille, qui l'avait invitée pour son anniversaire, Colette s'installa devant une petite table et dédicaça le livre à ses auteurs.

Colette se retira ensuite du monde, ne voyant plus que ses trois enfants, ses sept petits-enfants et quelques amis chers. Se sentant décliner, elle refusa de prendre une aide à demeure, craignant d'y perdre ce qu'il lui restait de liberté. À sa demande, en 2005, elle intégra à cinq minutes de Sanary une maison de retraite où se trouvait déjà Lotic, son amie d'enfance. Son fils Stéphane et sa merveilleuse femme Isabelle, qui vivaient à Sanary, ne laissaient pas passer trois jours sans lui rendre visite. Gilles et Marie venaient plus souvent à Sanary pour la voir. Colette comptait sur eux.

— *Vous n'oubliez pas ce que vous m'avez promis. Si je me dégrade, le moment venu, vous me faites partir.*

Le moment ne vint pas. Deux jours après le Noël 2007 passé avec ses enfants, elle s'affaissa sur sa tasse de thé et ne se releva pas. Elle fut enterrée à Sanary.

Micou ne cessa jamais de jouer du piano. Elle rejoignit les siens deux ans après Colette. Pour la dernière fois, la *familia grande* se retrouva à Sanary.

Oser tenter un roman vrai, de surcroît pour qui n'a écrit qu'essais, dictionnaires, manuels ou assimilés, exige apprentissage, encouragements et corrections.

Ce livre n'aurait pas existé si deux éditrices n'avaient essayé de m'apprendre la fiction : Caroline Laurent et Sylvie Gillet ; si trois hommes d'écriture ne m'avaient donné l'indispensable confiance, François-Olivier Rousseau, ainsi que Michel Field et Michel Gardette ; last but not least, *si deux éditeurs ne m'avaient pas conduit jusqu'au port, Vincent Barbare et Grégory Berthier-Gabrièle.*

Cette édition de poche a bénéficié des précieux encouragements de Sophie Charnavel et des corrections ou modifications souhaitables grâce aux lectures très attentives de mes amis Jérôme Jaffré, Frédéric Mion, Michel Rotman et Anne Sastourné.

Cet ouvrage a été composé et mis en page
par Facompo, Lisieux

Imprimé en France par CPI
en décembre 2019
N° d'impression : 3036607

S29848/01